お母さんと子どもの愛の時間

Ishikawa Yuki
石川結貴

花伝社

お母さんが大好きで、お母さんを応援したくて、お母さんのためならなんだってやりたい。

お母さんがメソメソすると自分も泣きたくなるし、元気のないお母さんを見れば小さな体と心がキリキリと痛む。


そんなふうに形にできない、言葉にならない思いを、十編のものがたりにしてみた。

半分は子どもの気持ち、もう半分はお母さんの気持ち。

どちらも互いのことを思いながら、離れたりくっついたり、ぶつかったりわかりあったりするお母さんと子どもたち。

今日は笑えても、明日は悲しいことが起きるかもしれない。

反対に、今日は涙を流しても、明日は抱き合って喜べるかもしれない。

何があっても、母と子には不思議な結びつきがある。そう信じて、確かな思いを込めて、このものがたりを書いた。

目次

第二部　愛しい子どもたちへ

本書は二〇〇九年に洋泉社より発行された『母と子の絆』を改訂・改題したものです。

第一部

大好きなお母さんへ

七夕

何を書いたらいいのか、なかなか決められなかった。同じテーブルについた理沙ちゃんは、家にあるタブレットでアイドル育成ゲームがやりたいです、ってすらすら書いている。

「遥ちゃん、どんどん書かないと短冊つるすところがなくなっちゃうよ」

せかすようにそう言われて、早くお願いごとを決めなくちゃと思うけど、焦るばかりでうまい言葉が浮かばない。

今日は七夕。朝から湿っぽい雨が降って、学童保育室の中はいつも以上に蒸し暑い。

入り口に大きな笹が用意されている。折り紙で作った飾りがたくさん。誰かがいたずらしたのか、金色の紙でできたちょうちん型の笹飾りがクシャッとつぶれている。それを見たら、自分の心の中までつぶれたような気がして、遥の口から重いため息がもれた。

本当は、書きたいお願いごとがある。

早く学童保育室をやめられますように、そう書きたい。

一年生になって、「今度は学校から帰ったらここでお友達と遊ぶのよ」とお母さんに連れられてきた。保育園みたいに広い庭があって、ブランコや滑り台や小鳥小屋があるのかと思ったら、どこをどう見てもただの家。

それも「ボロ家」と言っていいくらいの古くて汚い家だったので、思わず後ずさりした。

「遥は毎日ここに通うの。お母さんはお仕事が終わったら迎えにくる。六時までには来たいと思うけど、もしかしたら少し遅れちゃうかもしれない。それまで、学童の先生の言うことをちゃんと聞いて、宿題も終わらせて、お友達と仲良くしてちょうだい」

わかった？　とお母さんは何回も繰り返す。わかった？　ねぇわかったの？　わかったら、わかったって言いなさい。

お母さんの声にすごく迫力があったので、わかった、と小さくうなずいたけど、本当は何がなんだか全然わからなかった。

古くて汚いだけじゃなく、部屋の中にはいろんな子がいた。背の高い、髪の毛を茶色く染めた男の子が、まだ体の小さい、おどおどした目の男の子を追いかけまわす。まわりの子を無視するように、広げたノートいっぱいにマンガを描きつづける女の子もいる。

壁際に三人で固まっていた女の子たちは、キャッキャッと笑い声を上げながら小さな指にピンク色のマニキュアを塗っていた。

何がなんだかわからないけど、怖そう、ってことだけ感じた。ここで、毎日、お母さんが仕事から帰るのを待つなんてできるだろうかと思う。

急に涙がこぼれそうになったとき、「遥ちゃーん」と呼ぶ声がした。顔を上げると、保育園で同じクラスにいた理沙ちゃんが手を振りながら歩道を歩いてくる。理沙ちゃんもお母さんと一緒で、どうやら同じ「ボロ家」に通うことになったらしい。

「あら、お宅もここなんですか？　新しくできた民営のほうかと思ってました」

「そうしたかったけど、定員がいっぱいでとりあえず一年しか契約できない、その後はお約束できません、って言われたの。途中で学童を変えるのも大変かしらと思って、結局こっちに……」

お母さん同士がおしゃべりをする間、遥は理沙ちゃんの手を取ってもう一度部屋の中をのぞきこんだ。おやつの時間になったのか、長いテーブルのまわりに子どもたちが集まってきた。

白いお皿に盛られた黄色いホットケーキ。上級生の女の子が、下級生のホットケーキに手際よくシロップをかけて、なにやら笑いながら話しかけている。

優しそうな子もいるし、理沙ちゃんだっている。怖そうだけどだいじょうぶかもしれない。

甘いホットケーキの香りに誘われるように気持ちが軽くなったけど、あれはやっぱり間違いだった気がする。

背の高い、髪の毛を茶色く染めた男の子は、一馬くんという。三年生で、本当なら遥たち下級生の面倒を見たり、親切にしてあげなくちゃいけないはず。学童の先生だって、「大きい子は小さい子を助けてあげなくちゃダメ」って、いつも言っている。

なのに一馬くんは、後ろから不意に遥の髪を引っ張ったり、おやつを横取りしようとする。どうしてだか、理沙ちゃんにはやらない。

「先生に言うよ、このバーカ」

理沙ちゃんが遥をかばうように怒ると、一馬くんは「バーカ、バーカ、オレはバカざんす」とおどけて逃げていく。

あんまりしつこく髪を引っ張られた日、学童からの帰り道でお母さんに一馬くんのことを話した。

なんてひどい子だろう、そんな乱暴な子は許せないよ、そう言うのかと思ったら、お母さんはふふん、と鼻を鳴らすようして笑った。

「その一馬って子、遥のことが好きなんじゃない?」

お母さんのバカー、って叫びたいくらいだった。どうしてそんなことを言っちゃうんだろう。

お母さんには私のことがほんとわかってない。頭の中は仕事でいっぱいで、私のほんとの気持ちなんて、これっぽっちも気づいてないんだ。

学童に通い出してすぐのことだ。お母さんは「仕事が忙しくなっちゃった。一緒に働いてた人がやめちゃったのよ」と言って、約束の六時になってもお迎えに来ない。保育園のときの先生は、「お母さん、もうすぐ来るからだいじょうぶよ」と優しく背中をさすってくれたりしたけど、学童の先生は違う。

「遥ちゃんのお母さん、まだかしら？　毎度、毎度、ほんと困っちゃうわねぇ」

みんなが使った教材や画用紙の残りをどんどん片付け、掃除機で部屋のゴミを吸い取りながら、イライラした感じで言う。困っちゃうのは私のほうなのに、と遥の胸は塞がる。

それからお母さんは何度か先生に注意されたらしくて、約束したお迎え時間を守るようになったけど、学童の入り口で遥を呼ぶときも、家に着くまでの道も、ＤＶＤの早送りみたいに早口、早足だ。

「お母さんの仕事は営業だから、口と足が大事なのよ」

よくそんなことを言ってニカッと笑うけど、仕事と子どもとは分けて考えてほしい。そして、できることなら仕事をやめてほしい。もしもお母さんが仕事をやめれば、自分も学童保育室をやめられる。

毎日、学校からまっすぐ家に帰ってみたい。「おかえり」と笑ってくれるお母さんと一緒に、ホットケーキを焼いておやつにする。ふわふわに乾いた洗濯物を取り込んだら、お母さんに漢字の書き方を教えてもらう。

優しくて、あったかい時間が流れて、そこにはあの意地悪な一馬くんだっていない。


まだ何も書いていない短冊の前で、物思いにふけるように頬杖をついていた。

「おい、ボケ」

背中から声がして、キイッと髪が引っ張られる。ぼんやりしている遥が狙い目とばかりに、一馬くんはすかさずちょっかいを出してきた。

「やめてよ、今、悩み中なんだから」

いつもかばってくれる理沙ちゃんは短冊をつるしに行ったきり、今は別の女の子と縄跳びをして遊んでいる。味方がいないせいなのか、それともお母さんのことや学童のことで胸が塞がっていたからか、自分でもビックリするくらい荒い声が出た。

一馬くんは一瞬体を引いて顔をこわばらせたけど、すぐに遥の短冊に目を落とした。

「何？　悩みって？」

「あんたに関係ないでしょ。いいから向こうに行ってよ」

両手を突っ張って、一馬くんの体を押した。いつもならそんなことをしなくても、スキップするような足取りでおどけて逃げていくくせに、今日は全身に力をこめて踏ん張っている。

「悩みって何さ?」

「もう、しつこいね。何を書こうか考えてるんだから、あっちに行って」

もう一度体を押して追い払おうとしたら、一馬くんは遥の横にふわりと座った。テーブルの上にできた細長い傷を指でたどりながら、ぼそりと声を出す。

「そっちのお母さん、仕事何?」

遥ちゃん、と言わないで、そっち、と言うのが憎たらしい。それにいきなりお母さんの仕事なんか聞かれて、塞がっていた胸の奥がカァッと熱くなる。

プイッと頬をふくらませると、遥はもう一度「あんたに関係ないでしょ」とつっけんどんに言った。

「うちのお母さんは看護師」

えっ？　こんなバカざんす男のお母さんが看護師さん？

声にならない声が頭の中を駆けめぐって、遥はゴクンとつばを飲んだ。

テレビで観たり、風邪を引いて病院に行ったときに目にする優しい看護師さんの姿と、一馬くんの意地悪さは全然つながってない感じ。

ほんと？　と聞こうとしたけど、一馬くんの顔が見たこともないほどまじめだったから、なんだか声が出てこない。

「忙しくてさぁ、毎日大変そうだよ。昼メシを食べる時間もないくらいだって。家にいるときは、腰が痛いとか、肩がパンパンだとか言って、もう死にそぉー、って叫んでる」

家でのお母さんの様子を思い出しているのか、一馬くんは遠くを見る目になる。

「夜勤って知ってる？　夜中に働くやつ」

うん、と小さくうなずくと、一馬くんは深く息を吐くようにして言った。

「それがまた大変なんだよー。朝の九時ころ帰ってきて、家のことやって、ちょっとだけ寝たらまた夜、病院に行くんだぜ」

「そんなに大変なら、さ」

言おうかどうしようか。でも思いきって言ってしまおう。

「仕事やめちゃえばいいのにね、お母さん」

生意気言ってんじゃねぇ、と怒られて、グイグイ髪を引っ張られて、もしかしたら蹴りとかされちゃうかもしれないと思ったのに、一馬くんはおかしそうに目尻を下げた。

「だよなー、オレもそう思う」

思わず一馬くんの顔をまじまじとのぞきこむ。目と目が合って、ププッと同時に吹き出した。なぜだかわからないけどものすごくおかしくなって、二人は背中をのけぞらせながら、息が苦しくなるほど笑いころげる。

どこからか、お母さんの声が聞こえる。

その一馬って子、遥のことが好きなんじゃない？

お母さんは見ていたのだろうか。私のことも、学童保育室のことも、ちゃんと知っているんだろうか。

「七夕のお願い、何書くか決まった？」

明るい声で、一馬くんが聞く。笑いすぎて、うっすら涙が浮かんだ目に、優しい光が満ちている。

「うん、ふたつお願いごとができた」

「ふたつも？　欲張りだなぁ、教えろよ」

一馬くんは人差し指で、遥のおでこをチョンとつつく。

「やだねー」

短冊を胸に抱えてさっと立ち上がると、遥は部屋の隅まで一気に逃げていく。

お母さんがお仕事がんばれますように。

そして。

これからは一馬くんと仲良くなれますように。

レインコート

右手に自分の傘を差して、左手にはお母さんの傘を持った。航ちゃんの長靴とレインコートをどうしようかと思ったけど、これ以上は持てそうにない。

外は大粒の雨。お母さんが航ちゃんを抱っこして、ひとつの傘に入ってくるとしても、やっぱりレインコートがないとずぶ濡れになっちゃいそうだ。

玄関先でしばらく思案すると、大輔は黄色いレインコートを無理やり着込んだ。たった二歳違うだけ、でも今、弟のレインコートがものすごく窮屈《きゅうくつ》だ。腕はパンパンで、袖はひじまでしか隠れないし、胸のボタンなんて一個もとまらない。

誰かに「大きくなったね」と言われてもピンとこないけど、このレインコートでわかった気がする。

そう、大きくなったんだ。お兄ちゃんなんだ。だからお母さんと航ちゃんを迎えに行ってビックリさせようと思う。

航ちゃんは昨日の夜から熱を出した。気持ち悪いと言って、何度もゲロを吐いていた。お母さんは航ちゃんのおでこに冷たいタオルをのせたり、スプーンでシロップの薬を飲ませたりした。

朝になっても熱は下がらない。「出張」とかいう会社の仕事で、遠くに行っているお父さんは、あさってまで帰ってこない。

お母さんは航ちゃんを病院に連れて行くと言って、大きなバッグにバスタオルや紙パンツ、ビニール袋やパック入りのジュースなんかを詰めている。

「大ちゃん、少しの間、お留守番できる？　ほんとなら家にひとりで置いていくのは心配だけど、まだインフルエンザがはやっているから、一緒に病院へ行くとうつっちゃうかもしれない」

お母さんはバッグにサイフと保険証を入れながら早口で言った。

「うん、できるよ。だってもうすぐ幼稚園にも行くんだもん」

胸を張ってはきはきと答えると、お母さんはうれしそうに目を細めた。

「そうだ、来月から幼稚園生だもんね。もう立派なお兄ちゃんだ。じゃあお母さん、鍵を閉めていくから、もしも誰か来ても玄関を開けないで。絶対に火を使ったりしちゃダメ。電気ポットにも近づいちゃダメよ」

航ちゃんは一歳半を過ぎてもうすっかり歩けるけど、お母さんは抱っこして玄関を出ていった。熱のせいか小さな体はぐったりして、だらんと下がった手足が目に焼きついている。

大輔はどうにも落ち着かない気分で、戦隊ヒーローの人形が転がった部屋の中をうろうろと歩いた。

毎朝見ているテレビの子ども番組がつけっぱなしになっていた。おんなじくらいの年の子が、「体操のおにいさん」と一緒に跳ねている。笑ったり、はしゃいだりしている子どもたちの中に、ひとりだけベソをかいている男の子がいて、なんだか急にホッとした。

ひとりの部屋は静かすぎて、心細い。元気いっぱいの子ばっかりだったら、もっと寂しくなりそうだった。ベソかきの男の子を見たら、自分だけじゃなかった、そう少しだけ安心できた。

だからといって、ずっとテレビを見ているのも寂しかった。航ちゃん、今ごろどうしているだろう。注射を打たれて泣いているんじゃないかなと思うと、自分の腕がズキンと痛くなる感じだ。

テレビを消して、戦隊ヒーローの人形を手に取ってみた。いつもなら体の奥がうずうずして「キック！」と足を蹴り出したくなるのに、なぜだか今日は足が重い。

朝だというのに、部屋までいきなり暗くなった。窓の外に黒い雲が広がったかと思うと、トン、トン、と小太鼓《こだいこ》を叩くような音がする。やがてその音は、連続でシンバルを打ち鳴らす激しい音になって、外の景色が白く煙るほどの雨が降りはじめた。

怖くなった。

リモコンボタンを押したり、何かのスイッチを切ったりすれば雨がやむわけじゃないことくらいわかっている。だけど、部屋中にとどろくような雨音はたまらなく怖くて、少しでも早くお母さんに帰ってほしい。

大輔は床に両ひざをついて、胸の前で手を組んだ。こんな姿で、お祈りをしている人を見たことがあった。

神様、早く雨がやんでお母さんが帰ってきますように。

一生懸命お祈りしたつもりだけど、小さな願いは激しい雨音にたちまちかき消された。


だんだん涙がにじんできた。雨と同じように大粒の涙になって、鼻水まで出てきて、ヒック、ヒックと喉の奥が鳴る。

お兄ちゃんなんかやめたいと思った。熱が出てもいいから、ゲロを吐いてもいいから、航ちゃんみたいに優しくお母さんに抱っこされていたい。

お母さん、お母さん、お母さん。

どれくらい繰り返したかわからないほどつぶやくうち、雨は激しさを失ってきた。大粒に変わりはないけど、空から落ちてくる雨粒が目で追える。

窓ガラスに鼻先をくっつけて雨を見ていたら、あっ、と大切なことに気づいた。

傘だ。

お母さんは傘を持たずに病院に行った。雨の日、いつも航ちゃんに着せるレインコートも持っていかなかった。

どうしよう、と胸がドキドキしてきた。髪も肩も大粒の雨に濡れて、熱のある航ちゃんを抱っこしたまま泣きそうになっているお母さんの顔が浮かぶ。

困っているお母さんを思うと、さっきよりもっと泣きたくなったけど、鼻の奥をグズグズさせただけで泣かなかった。

迎えに行くんだ。

きつく口を結んで、全身に力をこめると、一瞬で戦隊ヒーローみたいに強くなれた気がする。

病院までの道もだいたいはわかる。通りの角のコンビニのところを左に曲がったら、少しまっすぐ進んで、郵便局の先を今度は右に曲がる。

たぶんそのあたりで、泣きそうな顔をしているお母さんとばったり会う。すごくビックリされちゃって、きっとこう言われるに違いない。

大ちゃん、迎えに来てくれたの、ありがとう。

さっきまでの心細さが嘘のようにわくわくしてきた。ヒーローっていうのは、もしかしたらこんな気分なのかもしれないと思って、キックするような足取りで玄関を出た。

玄関を出たときは、五分くらいだと思っていた。風邪を引いたり、予防注射をするとき、お母さんと一緒に何度も歩いた道だ。なのに、どこをどう間違ったのか、郵便局の先を右に曲がっても病院は見つからなかった。

そのうち見つかるはず、とずんずん進んでみたけど、スーパーや床屋さんや自転車屋さんが並んでいるだけ。

右手に差した傘に雨粒がはじけて、「急げ、急げ」と言われてる気がする。長靴を履いた足を懸命に動かしても、道の先に病院は見つからなかった。

「僕、どうかしたの?」

声をかけてくれたのは、花屋のお姉さんだ。立ち止まって、うつむいて、ベソをかきそうになっていたのが花屋の店先だった。

「病院に行きたいのに、道がわかりません」

こらえきれなくなって、大輔の目からポロリと涙が落ちた。

「病院？　どこの？」

お姉さんは手にしていたチューリップの花を青いポリバケツに戻すと、優しい顔で近寄ってきた。

「弟が風邪を引いて、お母さんが連れていって、その病院に行きたいです」

肝心の、病院の名前を思い出せなくて、涙はどんどんあふれてくる。

「ああ、バンビさんね。この近くならバンビ小児科でしょ。ほら、こっち」

お姉さんは大輔の腕をつかむと、花屋の裏口に連れていった。ドアを開けたところに細い道があって、少し先に信号機が見える。

「あそこに信号があるでしょ。わかる？」

大輔は真剣な顔で深くうなずいた。

「あの信号のところを右に曲がるの。右ってわかる？」

さっきよりもっと深くうなずいて、お姉さんの指差す先に集中した。

「よし、じゃあもう一度言うね。あの信号を右に曲がったら、まっすぐ歩いて。少し歩くと消防署があるから、そこをまた右に曲がる。そしたらすぐにバンビ小児科って病院がある。たぶんそこにいるわよ、お母さん」

お姉さんは励ますようににっこりと笑って、大輔の背中をポンと押した。

気をつけてね、と言われて、なんだかくすぐったい気分だった。やっぱり自分はお兄ちゃんで、だから花屋のお姉さんに道を教えてもらえた気がする。

今度こそ、そう力をこめて歩き出すと、消防署はすぐにわかった。教えられたとおり右に曲がると、クリーム色の壁に囲まれた病院が目に飛び込んできた。

お母さん。

勢いよくドアを開けたのに、お母さんも航ちゃんも、どこにもいなかった。

重く濡れたレインコートは窮屈なだけじゃなく、ひどく冷たい。ずっとお母さんの傘を握りしめていたせいで、左手の指先はかじかんでしびれていた。

病院の外にいたらいいのか、それとも中のソファに座っていればいいのかわからない。お母さんはどこへ行ったのか、これから自分がどうしたらいいのかは、もっとわからなかった。

入り口に敷いてある緑色のマットの上に座り込むと、大輔は力なく傘を投げ出した。こんなところに座っていたら怒られるんだろうけど、もうこれ以上一歩も動けそうにない。

「僕のお名前は大輔くんかな?」

ピンク色の制服を着た女の人が目の前にしゃがみこんだ。

どうして名前を知っているのかと思いながら、大輔は小さくうなずいた。

「やっぱりそうだって。お母さんに言って。お子さんはここにいますって」

女の人は受付の中に立っているもうひとりの女の人に大きな声で伝えている。いったい何が起きたのか、大輔には全然わからない。

きょとんとして女の人を見ると、静かな笑顔が返ってきた。

「あのね大輔くん。今、お母さんから電話がかかってきたから、大輔くんがここにいることを教えたの。お母さんはすぐに迎えに来るからね。安心して待っててちょうだいね」

そこまで聞いて、鼻の奥がグズクズしてきた。泣いたらダメだ、まだ泣いちゃいけないとこらえたけど、お母さんが来るって聞いたら、やっぱり涙がポロリと落ちた。

「お母さんと行き違いになっちゃったのね、かわいそうに」

「でもとにかく電話がきてよかったわよ」

「ほんと、お母さんもずいぶん心配したでしょうね」

「それにしてもこの子、ずぶ濡れだわ。タオル持ってきて拭いてあげなくちゃ」

目の前の女の人と受付の女の人がてきぱきと話す声を聞きながら、大輔はレインコートの袖で涙をぬぐう。

重く濡れたレインコートの、どれが雨粒でどれが涙なのかわからないけど、もうすぐお母さんに会える。

きっとお母さんは言ってくれるはず。

大ちゃん、偉かったね。さすが、お兄ちゃんだ。

プレゼント

テキトーにやればいいんじゃねぇ、なんて言ってたくせに、ほんとコイツは信用ならない。

おととい、お母さんの誕生日プレゼントをどうしようか、と相談したときだ。お小遣いを出し合って、一緒になんか買おうかと言ったのに、兄の拓也はしらけた目をした。

「一緒なんてヤだよ。オレとオマエじゃ趣味が合わねぇもん」

この場合、オレらの趣味なんかどうでもよくて、問題はお母さんの趣味だろうが、って言いたかったけど、無駄なケンカになると思って口をつぐんだ。

中学生になって、一歳違いの兄弟はライバルか、ときには敵のような関係に変わりつつある。肩をくっつけるようにしてスマホゲームをするときもあるけど、途中でムカついてやめたことも二度や三度じゃない。

「オマエはほんと、とろいよなぁ」

どんどんアイテムをそろえて、キャラクターのステータスを上げていく拓也は、勝ち誇ったように翔太に言う。

「とろくて悪かったな」

精一杯冷静な口調で言い返すと、それがおもしろくないのかもっと生意気な口調でからかいはじめる。

「お願いしますお兄さまぁ、って土下座したらさ。オレは優しいお兄さまだから、一回くらい負けてやってもいいけどな」

バッカじゃねぇか、コイツ。

翔太は胸の奥をカァッとたぎらせながらも、なるべく拓也の挑発には乗らないことにしている。

最近はケンカになると、「死ね」とか「ぶっ殺す」とか、お互いついそんな言葉を口走ってしまう。

本気で思ってるわけじゃないけど、心のどっかで、相手が目の前から消えればいいのに、そう考えちゃうのは事実だ。

一年早く生まれた、たかがそれだけのことで偉そうな顔をされて、何かっていうと「パシリ」みたいな扱いをされるんじゃたまらない。

しかもコイツは、単純に偉そうってだけじゃなく、ウラオモテがある人間だ。弟の前ではやたら威張り散らすくせに、お母さんの前ではいい子ぶる。

兄弟仲良く。

それがお母さんの、心からの願いだという。

勉強ができなくても、立派な会社に入らなくても、とにかくあんたたち二人がずっと兄弟仲良く、助け合って生きていってくれたら、お母さんは幸せ。

何十回と聞いた言葉が、今また耳の奥でリフレインする。

お母さんは二年前、ガンの手術をした。兄弟の面倒を見るためにしばらくうちにいたおばあちゃんは、「たいしたことない」とか「心配しなくてもだいじょうぶ」と言いながら、いつも目を赤くしていた。

おばあちゃんの言うことが本当かどうかわからない。ともかくお母さんは一ヵ月ほどで退院して、また元のように洗濯をしたり、料理を作ってくれるようになった。

少しやせて、顔にはしわが増えたような気がして、それをお母さんに言ったことがある。

「まぁ、やせたの？　ダイエットしなくてもよくなったのはうれしいけど、しわが増えたって、あんた、この超きれいな美人母に向かって言うセリフですか！」

お母さんはケラケラ笑って、翔太の頭をコツンと小突いた。白い歯がこぼれるお母さんの笑顔は、しわがあっても確かにきれいだった。

お母さんが生きている。

あたりまえのようでいて、もしやあたりまえじゃないそのことがむしょうにうれしくて、お母さんと一緒に笑いながら、胸がいっぱいになった。

「ああ、笑いすぎて腹痛い。涙でるぅー」

そう言ってあふれそうな涙をごまかしたけど、本当に、あのときから、お母さんが生きて、元気でいてくれることがうれしい。

そんなことがあったから、「死ね」とか「ぶっ殺す」は兄弟の禁句のはずだった。

なのにケンカになると、心の留め金がブチンとはずれてしまう。

「てめぇ、死ね」

「てめぇこそぶっ殺す」

「クズが。二度とそのツラ見せんじゃねぇ」

「このキモ野郎。野垂れ死にでもなんでもしろ」

激しい言葉の応酬を聞きつけて、お母さんが飛んでくる。そのときの目の色はたまらない。そんな言葉がないと知っているけれど、あれは悲しみ色だ。

「あんたたち……」

お母さんは息を詰めるようにして言う。

「ケンカするのはいい。だけど、お願いだから、死ねとか殺すとか、そんな言葉は絶対に使わないでちょうだい」

ほらみろ。てめぇのせいでお母さんを悲しませた。

たぶんそんな言葉を、同時に胸の奥でつぶやいている。どうせなら、もっと別の何か、楽しいことで同じ思いを味わいたいのに、なぜ兄弟はこんなにむずかしいんだろう。


「まぁきれい。とってもすてき。どうもありがとう」

洗面台の鏡の前から、弾んだお母さんの声が響く。誕生日プレゼントだと言って、拓也が贈ったネックレスをつけて早速鏡に映している。

「高かったでしょう。無理しちゃったんじゃない?」

拓也が贈ったのは、ローズクォーツとかいう赤い石のついたネックレスだ。花言葉のように、石にも言葉があるなんて知らなかったけど、「真実の愛と永遠の美」って意味があるらしい。

拓也は得意満面の顔で、きれいにラッピングされた小箱をお母さんに渡していた。

「お店の人がさ、この石でみずみずしい若さと健康を保てるって言ってたよ。お母さんにピッタリじゃんか」

なんて調子のいいヤツだろう。翔太は歯ぎしりする思いで、拓也の言葉を聞いた。

テキトーに、確かにそう言ってたはずなのに、ウラでちゃっかり、万全の準備をしている。たぶんなんか仕掛けてくるだろうとは思っていたけど、正直ここまでやるとは思わなかった。

ほんとに油断ならないヤツだ、どう仕返ししてやろうかと手ぐすね引く思いで、翔太はくちびるを固く結んだ。

「翔太もね、ありがとう」

お母さんはネックレスをつけたままリビングに戻ってくると、テーブルの上に置かれたハート柄のノートを手に取った。

昨日、百円ショップで買ったノートだ。ラッピングなんて頼めないから、同じ売り場にあった包装紙を買って自分で包んだ。なんとかきれいに包もうとしたけど、所々紙がよじれている。

包みを開けたお母さんは、「わぁ、かわいい」と言った。次の瞬間聞こえたのは、拓也の意地悪な声だ。

「ぷっ、ダサイ。ノート一冊かよ。お子ちゃまだねぇ」

こらっ、黙ってなさい、とお母さんは拓也をにらむ。細い指でぱらぱらとノートをめくると、「さて、何を書こうかなぁ」とひとりごとのようにつぶやいた。

「ねえお母さん、今度の授業参観のとき、そのネックレスしてくれば？　絶対目立つよ」

物思いにふけるお母さんを邪魔したいのか、拓也が横からしつこく口をはさむ。

なんだか居たたまれなくなって、翔太はプイッと顔を背け足早にリビングを出た。


子ども部屋のドアを荒々しく閉めると、ベッドの上に仰向けに倒れ込む。

巧妙な兄と間抜けな弟。どうがんばってみても、一生こんな形で生きていかなくちゃならないような気がして体が重い。

暗い予感を見ないように目を閉じた。やりきれない思いを振り払いたくて右に左に寝返りを打つ。いつの間にかうとうとしていたのだろうか、トントンとドアをノックする音で目が覚めた。

体を起こすと、お母さんが立っていた。はにかんだような顔で、さっき翔太がプレゼントしたハート柄のノートを差し出す。

「恥ずかしいけどね、読んでみてよ」

お母さんはどこか少女のように頬を赤らめながら言った。

「何？」

「何ってほどのものじゃないわよ。せっかく翔太がプレゼントしてくれたから、今のお母さんの気持ちを書いてみたの」

どういうリアクションをすればいいのか迷った。母親の気持ちなんて、知りたいような、知りたくないような、知ったところでどうにもできないような、息子からしてみればちょっと厄介なものだ。

「ふーん。じゃ、あとで見とく」

素っ気なく言ったのに、お母さんはうれしそうだった。

お母さんが生きている、それがたまらなく胸に響いたあの日と同じように、白い歯がこぼれる笑顔を見たら、もっと優しい返事をすればよかったと胸がチクンとした。

お母さんが子ども部屋を出ると、翔太はすぐにノートを開いた。そこには、丸みを帯びた優しげな文字が並んでいた。


私の愛しい子どもたち。

あなたたちがいてくれるから、私は今日も生きられる。

明るくて、楽しい拓也。

素直で、優しい翔太。

ふたつの、かけがえのない宝物。

どうぞいつまでも仲良く、強く、優しく生きてください。

いつか私が、あなたたちを見守れなくなる日が来ても、二人で力を合わせて、人生を切り拓いていってください。


拓也のウラオモテは、お母さんには言わないでおこう。

これからは決して、「死ね」とか「ぶっ殺す」なんて言い合うケンカはしないでおこう。

それがお母さんに贈れる、最高のプレゼントに違いないと、翔太はノートを見つめつづける。

女子の関係

なんでこうなっちゃうんだろう……。

スマホをベッドの上に放り出して、優奈は両手で頭を抱える。

超ウゼー。即絶交。

同じクラス、仲良しのはずの萌ちゃんからLINEに届いたのは、過激なメッセージと、「怒り爆発」を表すスタンプだ。

予想もしなかった展開に、目の前がどんどん暗くなっていく。わざとじゃないし、何の悪気もなかったのに、そういうことを言ってもたぶん萌ちゃんには通じない。それどころかもっと大きな怒りをぶつけられそうで、ぶるっと小さな身震いが起きる。

六年生の今、クラスの女子たちはＬＩＮＥに夢中。スマホにアプリを入れれば、タダでメッセージ交換ができるし、仲良しの子と「グループ」を作っていろんな話題で盛り上がれる。

優奈が所属するのは二つのグループ。ひとつはクラスの女子五人が作るグループで、もちろん萌ちゃんも一緒だ。もうひとつは一年生から通っているピアノ教室のグループ。こちらは小中学生十人ほどのメンバーで、主に連絡網として使っている。

仲間同士だけじゃなく、会ったこともない人だってＬＩＮＥでつながれる。いろんな方法があるけれど、最近はやっているのは「友だちの友だち」ってやつ。

同じグループの子がどこかの誰かと「友だち」になっていて、「私の友だちでＡさんって人がいるけど、よかったら友だちにならない？」と紹介される。

そんなふうに「友だちの輪」が広がっていくと、会ったこともない人とも簡単に仲良くなれたりする。

だからＬＩＮＥを通してカレシができたとか、年上の男の人と知り合えたとか、そんな噂もちらほら聞こえてくる。

私立中学を受験予定の萌ちゃんは、進学塾で一緒の女の子から大学一年生の男の人を紹介された。進学塾の卒業生で、有名大学に通うエリート学生だ。すぐにＬＩＮＥで「友だち」の承認をしあって、二人だけで毎日、何時間も絡んでいるらしい。

相手の自撮り写真が送られてきたり、夜中までメッセージ交換したりして、めっちゃ盛り上がってると笑う。

「超楽しいよぉ。勉強教えてくれたり、悩み相談に乗ってくれたり。やっぱカレシは年上がいいね」

朝、教室で顔を合わせた途端、萌ちゃんはかなりのテンション。カレシを意識してつけはじめたのか、グロスの入ったリップクリームが、丸みをおびたくちびるにキラリと光る。

「ねぇねぇ」

萌ちゃんは濡れたようなくちびるを優奈の耳元に近づけてささやいた。

「優奈もやりなよ」

これでたぶん十回目くらいだ。知らない人と「友だち」になって、「友だちの輪」を広げて、もっとＬＩＮＥで盛り上がりなよ、って萌ちゃんは誘う。

いい加減、断れないなと思う。今どきＬＩＮＥでどんどん友だち開拓できなくちゃ、「そろそろぼっち」のレッテルを貼られかねない。「ぼっち」はひとりぼっちという意味で、「そろそろ」が付くともうすぐひとりぼっちになりそうな人、と解釈される。

一部、ＬＩＮＥどころかスマホさえ持ってない女子もいることはいるけど、そういうのは最初から相手にされない。たとえスマホを持っていても、ＬＩＮＥグループに入れないような子も問題外。こちらは「完全ぼっち」だ。

とにかく今の女の子は、モテが大事。いっぱい友達がいるってだけじゃダメ。いっぱいの人から好かれて、人気者になって、チヤホヤされるようにならないと「価値がない」くらいに考えられている。

「ねぇー、優奈どうするの？　私とおんなじように、どんどん友だち追加進めちゃう？　ってか、マジやらないと絶交かもよ」

萌ちゃんがからかうように、そしてどこか意地悪く言う。

「絶交やだぁ。やるよ、やるって」

そう答えるしかなかった。

その日の午後八時前、萌ちゃんからLINEのメッセージが来た。トーク画面に知らない人のアイコンと「サスケ」という名前があって、〈この人、私のカレシの友だち。とりあえず友だち追加してよね〉と書かれている。

それにしても、サスケと名乗るこの人はどこの誰なんだろう？　萌ちゃんのカレシのことさえよく知らないのに、そのカレシの友だちとやらに、いきなり〈友だちになってください〉なんてメッセージを送るのはやっぱり怖い。

スマホを手にしたままためらう優奈の心を見透かすように、萌ちゃんからスタンプの連打が来た。「やっちゃえ」、「がんばれ」、「楽しいよ」、そんなセリフとともに、かわいいキャラクターが踊っている。

いつもなら笑えるけど、知らない人とつながることを「がんばれ」と言われても、あんまり笑えない。どれくらいの厚さなのかわからない氷の張った湖に、足を踏み出すみたいだ。思いっきり楽しく滑れるような気もするけど、あっと思ったら足元が割れて、凍える水に落ちそうな予感もある。

それでも今、自分の意思に関係なく、女の子特有のプレッシャーを受けて友だちを追加する方向に進んでしまっている。

無理やり気持ちを固めながら、優奈はもう一度萌ちゃんにＬＩＮＥを返した。

〈今からサスケを友だち追加するけど、なんか困ったらすぐに言うね〉

メッセージを読んだという「既読」はついたのに、なぜだか返信がない。どうしたんだろう、そう思いながら三十分ほど過ぎたところで、ようやく萌ちゃんからメッセージが届いた。

〈ごめん、家庭教師が来てて勉強中。これから受験の特訓でスマホ切っちゃうから、あとで報告ヨロシク〉

ほんの少し前まで、おとなっぽいというか、おとな顔負けの話を振ってきていたのに、まったく別の顔を作って勉強に励む。おとなは「勉強中」の萌ちゃんの姿を見て、いい子だと思うはず。現に萌ちゃんは先生ウケもいいし、この前あった運動会では選手宣誓を任された。

たぶん萌ちゃんのまわりにいるおとなは、誰ももうひとつの顔を知らない。いつもツルんで、友だちだよね、絶対仲良くしようね、そう言い合っている女子たちだって、本当の萌ちゃんの心なんかちっともわかっていないだろう。

そう言う私だって、萌ちゃんや女子たちに本当の本音なんか口にできない。お互いに信じているような顔はしても、浮いたらマズイとか、空気を読まなくちゃとか、いつだって神経をピリピリさせている。

疲れるし、逃げたい。

だからって、誰からも相手にされないような女の子にはなりたくない。

萌ちゃんみたいに年上の人にモテたり、おとなからいい子だと思われたい、そんな複雑な自分もいる。

萌ちゃんとのＬＩＮＥが再開される前に、ともかくサスケを友だち追加しておこう。〈あとで報告ヨロシク〉と言われたからには、もう迷っているわけにもいかないと、優奈は友だち追加のアイコンをタップした。

もしかしたらブロックされるかも、無視されるかも、そんな思いもあった。そのほうがいいんじゃない？　心の奥から自分の声が聞こえた気がする。

なのに、サスケからはあっという間に承認されて、お互いに友だち登録が完了。それだけでなく、サスケが作っているというＬＩＮＥグループにも招待されて、ほんの数分で「友だちの輪」が広がった。

グループには、「ケン」と名乗る男の人がいて、萌ちゃんのカレシだという。

〈はじめまして。萌ちゃんと仲良しの優奈です。こういうグループトークに慣れてないので、これからよろしくデス〉

にっこり笑顔のスタンプをつけて送ったら、すぐにケンからの書き込みがあった。

〈慣れてない、ってとこがめっちゃカワイイね。なんか話したいことあったら、いつでもこのグループトークに書き込んでよね〉

〈ありがとう〉と送ると、またすぐに〈どういたしまして。これから仲良くしたいよね〉と返ってくる。

ケンだけでなく、サスケや、ほかのグループメンバーともどんどんメッセージ交換が進む。一時間ほどつづいたグループトークが終わるころには、スマホを持つ手に汗がにじむほど体中が熱くなっていた。

十一時をまわったころ、萌ちゃんからＬＩＮＥが来た。

〈こっちはやっと勉強終わったよ～。そっちはどうだった？〉

さっきまでのためらいはどこへやら、萌ちゃんに報告したいことがありすぎてウズウズしていた。冷めない興奮を覚えながら、優奈は文字を打ち込んでいく。サスケと友だちになったこと、サスケが作るグループに招待されたこと、そしてそこにはケンがいたことなどを書き込んだ。

〈へぇー、グループトーク、そんなに盛り上がったんだ。よかったね、じゃ、詳しいことはまた明日〉

「おやすみ」を表すスタンプと一緒に、そんなメッセージが送られてきた。

なのに次の日、教室で会った萌ちゃんは目を合わせようとしない。

「何？　どうかしたぁ？」

内心、ドキッとしながら、精一杯明るく尋ねてみる。微妙な間を置いて、しらっとした口調が返ってきた。

「べーつーにぃー」

ピリリと冷たい空気が伝わって、すぐにもご機嫌を取ったほうがいい。

「萌ちゃんから紹介してもらったサスケって、めっちゃいい人っぽかったよ」

「ふーん」

「ケンさんもさ、萌ちゃんがカレシにするの、わかるよ。優しいし、話おもしろいし」

「あっ、そう」

カレシをほめれば喜ぶだろうと思ったのに、萌ちゃんの低すぎるテンションに頭の中が真っ白になった。

そのまま、昼休みも放課後も話ができなかった。家に帰って、真っ先にスマホを手にすると、萌ちゃんにＬＩＮＥをした。

本音ではこう言いたかった。

今日、めっちゃ機嫌悪かったよね。なんか私に言いたいことある？　あるなら、はっきり言えば？　なんにも言わないで勝手にムカつかれたら、こっちも超ムカつくんだけど。

もちろん、そんなメッセージは送れない。本音を言いたいときこそ、本音を隠してつきあう、それが女子の現実だから。

〈やっほー、萌ちゃん。今日もＬＩＮＥで盛り上がろうね。あとで、サスケやケンさんとも絡もうよ〉

かわいいスタンプを連打したのに、萌ちゃんからの返事はない。既読がついているから読んでいるはずなのに、まるっきりスルーだ。

どうして？　なんでスルーされてるの？　優奈は不安と焦りを感じながらトーク画面を凝視する。

楽しかった昨日のグループトークを見返して気持ちを落ち着かせようと思ったとき、ふと気づいた。登録されたグループメンバーの中に、萌ちゃんの名前が入っていない。それはつまり、サスケからも、ケンさんからも、あのグループには招待されていなかったということだ。

あっ。思わず小さな声が漏れる。スルーの理由がわかったタイミングを見計らったように、萌ちゃんからＬＩＮＥが来た。

超ウゼー。即絶交。

「怒り爆発」を表すスタンプに、一瞬で心が切り刻まれた。

たった一日で予感が当たったことに、優奈は体の震えが止まらない。どれくらいの厚さなのかわからない氷の張った湖。あっと思ったら足元が割れて、凍える水に落ちそうな予感はあった。

ただそれは、知らない人とアブナイことが起きるかもしれないという予感で、まさか萌ちゃんから絶交を言い渡されるとは思ってもみなかった。

なんでこんなことになっちゃったんだろう。言葉にならない重苦しさが、胸の奥で渦巻く。

サスケたちとのグループトークの最中、萌ちゃんが絡んでこないのは、「勉強中」だからだと思い込んでいた。こういうことを「運が悪い」と言うのかどうか、ともかく今はこれから先の運命がどうなっていくのか不安でたまらない。

といってそんな不安を、クラスの女子仲間で作るグループトークには書き込めない。LINEではなく、リアルで学校の誰かに打ち明けても、下手すれば萌ちゃんにチクられてもっと悲惨なことになる。

このどん底の気持ちを、誰か受け止めてくれるだろうか。なぜこんなことになったのか、誰か説明できるだろうか。

「優奈、そろそろお風呂に入っちゃいなさいよー」

部屋の外からお母さんの呼ぶ声がした。何も知らないお母さんの声は、憎たらしいほどのんきな響きだ。おまけにノックもせずにドアを開け、全然遠慮のない足取りで部屋の中まで入ってきた。

「何よ、返事もしないで。またスマホやってんの」

ベッドに放り出されたスマホの横で、優奈はひざを抱えていた。こわばった顔に目をとめて、お母さんの声色は緊張した響きに変わった。

「どうかした？」

「別に……」

言えるわけがない。萌ちゃんとのことも、ＬＩＮＥのことも。どちらかを話せば、もうひとつのほうも話さないわけにはいかないし、たとえ話したところで今どきの女子の複雑な現実なんかわかりっこない。

「別に、って雰囲気じゃない顔してるけどね」

お母さんはベッドの端に座ると、優奈の目を覗き込んだ。

「なんかあったんじゃない？　お母さんに教えてよ」

「うるさい！　お母さんにはカンケーないし、言ったってわかんないよ」

声を荒げるとお母さんはビクッと体を縮ませた。困ったようにしばらく目を泳がせて、それからそっとつぶやいた。

「お母さんで相談に乗れないことなら、お友達に相談したら？　たとえば萌ちゃんとか」

一番聞きたくない名前が飛び出す。今できた傷口に、さらに大きな衝撃が加えられ、優奈は全身から火が出るような熱さを感じた。

「うるさーいっ！」

思いっきり絶叫した。萌ちゃんも、ＬＩＮＥも、女子同士のいろんなややこしいことのすべてをぶつけたくなって、お母さんめがけて力いっぱいスマホを投げつけた。


「いくらなんでも、こんなことはよくないね」

頬に当たって床に落ちたスマホを拾うと、お母さんは聞いたこともないほど低い声を出した。いつもならもっとぎゃあぎゃあ騒いで、たぶん顔を真っ赤にして怒るはずなのに、妙に静かな態度が気味悪い。

それでも素直に、ごめんなさいなんか言えない。プイッと顔を背けて、でも横目でお母さんの様子を追うと、なぜだか落ち着いてもう一度ベッドの端に座る。

「もしかして、萌ちゃんとなんかあったみたいだね。ちょっとでもいいから、お母さんに話してごらんよ」

「わかんないよ、言ったって」

どうして突っ込むんだろうという苦々しい思いと、反対にもっと突っ込んでほしい気持ちがせめぎあう。

話したくないようで、いっそ何もかも打ち明けてしまいたくもあって、優奈はくちびるを噛んだまま押し黙った。

お母さんの喉から、ゴクンとつばを飲む音がする。

「じゃあ代わりに、お母さんの話を聞いてくれる?」

どうせお説教だろうと思うと、なおさら返事をしたくない。枕をクッション代わりに胸に抱き、まるでバリアを作るみたいな構えをする。お母さんは軽く苦笑いをしてから、ふと遠くを見る目になった。

「昔、小学校の六年生だったときね、お母さん、同じクラスの女の子に急にいじめられてね……」

ひとつ息をつくと、淡々とした口調でつづける。

「毎朝一緒に学校へ通って、勉強のことも宿題のことも、好きな歌手とかアイドルとか、いろんなことをなんでも話せる友達だった。トイレも、給食も、体育の着替えも一緒っていうくらい仲良しだった。ううん、ほんとのこと言うと仲良しのふりをしてた。だってお母さんはその子のことが怖くて、無理して合わせていたんだもん」

「怖い？　どんなふうに？」

無視していようと思ったのに、優奈はつい口を滑らせた。

「そうねぇ。たとえばその子はやけにおとなびたところがあって、まだ六年生なのに年上のカレシがいたりして。Aしちゃった、なんて言うんだもの。どう返事すればいいのか困ったなぁ」

「Aって何？」

「えっ？　ああそうか、優奈たちはそんな言葉知らないよねぇ。昔はね、キスすることをA、それ以上進むとB、今の言葉で言うエッチをCって言ったのよ」

俄然《がぜん》、お母さんの話がおもしろくなった。さっきまでは自分の気持ちがぐちゃぐちゃで、萌ちゃんのこと、LINEのこと、女子のめんどくさい関係のことで頭がパンパンだったはずなのに、今はお母さんにもっと昔の話を聞かせてほしい。

「それで？　そのAとかしちゃった友達って、ちょっとヤバイ感じの子だったの？」

「そうなの。しかもお母さんにまでカレシを作れ、Aを体験しろってしつこくてね。それこそ今の言葉なら自己チュー的な子でさ、なんでも自分の思い通りに仕切りたがるわけよ。だけど、表向きはすごくいい子なの。頭もよかったし、顔もかわいかったし、学級委員までやってたんだから」

おんなじ！　優奈は心の中で叫んでいた。お母さんが無理して仲良しのふりをしていた子と萌ちゃんはそっくりだ。

もっともっとお母さんの話が聞きたい。お母さんがどんな女の子だったか知りたい。枕を抱えた胸をドキドキさせながら、優奈は身を乗り出した。

「女子の関係ってむずかしいよねぇ」

ひとしきり昔の経験を話したあとで、お母さんは深いため息とともに言った。

自分の思い通りに仕切りたがって、カレシを作れとかAを体験しろとしつこく誘いかけた女の子は、なかなか行動に移さないお母さんに絶交を言い渡し、それから陰湿ないじめをはじめたという。

最初は上履きを隠すとか、すれ違いざまに髪を引っ張るくらいだった。でもどんどんエスカレートして、机の上に「ブス」と書かれたノートが乗っていたり、教室の黒板に「クラス一最悪のヤツ」と書かれたりした。

お母さんは死にたいほど悩んで、苦しくて、実際にどうやって死んじゃおうか、死んだら楽になるだろうって考えた、そう静かに話した。

「お母さん、どうやってその気持ちを変えたの？　その、いじめる子とそのあとどうなったの？」

優奈は胸が張り裂けそうな思いで聞いた。

「助けてくれた人がいたの」

「誰？　先生？　それともクラスの誰か？」

ううん、と小さく首を振って、お母さんは柔らかく言った。

「お母さんのお母さん」

死んじゃいたいほど悩んだお母さんは、ある朝目が覚めても体が動かなかった。学校に行けばまたいじめられるとわかっていても、学校に行かないとお母さんが心配するから、なんとかがんばって起き上がろうとしたけどできなかった。

「そのとき、お母さんのお母さん、つまり優奈にとってはおばあちゃんだけど。とにかくお母さんのお母さんが、どうした、何があったかと聞いてきたの。お母さんは何も言いたくなかった。だってそもそもカレシがどうとか、Aを体験しろとか、そんな話からはじまったいじめだもん。ブスとか最悪とか、そんなことはうっかり言えないし、言えば絶対心配かけるしね」

「それで？　それでどうなったの？」

先を聞きたくて、優奈は声を上ずらせた。枕を抱えた胸は汗ばみ、心臓の鼓動がドクドクと鳴った。

「お母さんのお母さんはこう言った。昔は自分も女の子だったたって。女の子として困ったこと、悲しいこと、イヤなこと、いろいろあったよって」

だから、もしおまえが今、女の子として何か悩んだり苦しんだりしていることがあるのなら、ちょっとだけ、言える分だけでもいいから話してごらんよ、そう優しく言われて、お母さんはすーっと胸が軽くなったと笑う。

女の子としての苦しみ、女子の関係のむずかしさ、そんなことを誰もわかりはしないと思っていたのに、目の前に一番の、誰より頼もしい味方がいた。

たとえ時代が違ったり、社会の様子が変わっていても、女の子の気持ちや悩みはそうは変わらない。昔、女の子だった人なら誰だって、女の子としてのいろんな経験を乗り越えておとなになったんだよ、お母さんは静かに言った。

「ねぇ優奈、お母さんと優奈は母と娘だけど、同時に女子と女子でもあるでしょ。片方は昔の女子で、もう片方は今の女子だけど、女同士、女のことは女に聞け、話せって言うじゃない?」

目尻を下げ、ふわりとほほ笑んだお母さんはどこかかわいい。昔、女の子だったとき、どんな顔をして、どんな勉強をして、そしてどんな恋をしたんだろう。

お母さんに聞きたいことがいっぱいある。教えてほしいことがいっぱいある。

でもその前に、萌ちゃんのこと、LINEのこと、女子たちのめんどくさい関係のこと、まずそれを話してみよう。

外のお母さん

担任の小林先生が黒板に書いた文字を見て、友樹は冷や汗が出る思いだ。

四年生の社会科の授業で、地域の職場見学をすることになった。三ヵ所の候補から、みんなの多数決で一ヵ所に決めるという。

製鉄所。デパート。そしてケーブルテレビ局。男子だったらふつう製鉄所を選ぶだろうし、女子だったらデパート。このクラスは女子のほうが二人多いから、たぶんデパートで決まりだなと予想した。

小林先生が「正」の字で、みんなの希望を集計していく。結果、選ばれたのはケーブルテレビ局。先生はわざわざ赤いチョークに変えて、「決定・ケーブルテレビ局」と大きく板書した。

教室の中はざわついている。後ろの席の女子たちは、早くもペチャクチャとしゃべりはじめた。

「テレビ局に行けばさ、きっとアナウンサーとかに会えるよね」

「カメラに映って、その日のニュースに出るんじゃない？」

「ウソォー、だったら超目立ちたいー」

にぎやかな声を聞きながら、友樹は単純に喜んでいる女子たちがうらめしい。

ケーブルテレビ局はお母さんの職場だ。もしかしてばったり会うようなことでもあったら、恥ずかしいし照れくさい。

だいたいこのクラスには、ちょっとの「違い」でも人をからかうネタにするヤツらがいる。ヘタに刺激すれば、いじめられる可能性だって大ありだ。そんなヤツらがお母さんの仕事を知ったら、何をされるかわからない。

そこまで考えて、不意に別のことが頭に浮かんだ。そういえばお母さんの仕事って、正確には何なんだ？

友樹が生まれる前も、生まれてからも、ずっとケーブルテレビ局で働いていることは知っている。働いてはいるけど、少なくともテレビには出たことがない。ニュースを放送したり、地域のミニドキュメンタリー番組を作ったり、そんなことをしているんだろうと勝手に思ってきたけど、よくよく考えればお母さんから仕事の話をきちんと聞いたことは一度もなかった。

朝は八時過ぎに家を出て、帰りの時間はばらばらだ。ごくたまに、夕方六時ころ帰ってくることもあるけど、たいていは夜の八時か九時。遅ければ夜中の十二時を過ぎるし、帰ってこない日だってあった。

保育園時代、友樹を迎えに来るのはお母さんよりベビーシッターのほうが圧倒的に多かった。家までの帰り道、シッターさんはよく呪文のように言った。

友樹くんのお母さんは、お仕事がんばってるのよ。

繰り返されたそのフレーズは、幼い心にインプットされる。すごいなと思ったし、偉いなとも感じた。

寂しいとか、もっと甘えたいとか、そういう気持ちもなかったわけじゃないけど、お母さんはがんばっている、その事実を疑うことはなかった。

それにしたって、と再び友樹は思う。お母さんはいったいどんな仕事をして、どうがんばっているのか、肝心なことはなんにも知らずにいた。

職場見学のことを話すと、お母さんは「ほんと?・」と小さく叫んだ。

「もう決まっちゃったんだから、行くことは行くけどさ。お母さん、オレたちの前をウロチョロしたりしないでよ」

「大丈夫よ、そんなに暇じゃないから」

もっと驚いたり、騒いだりするかと思ったのに、意外にもあっさりした口調で言う。もう少し盛り上がってくれたっていいのにと友樹は内心がっかりした。

クラスのみんなの前で母親ヅラされるのはイヤだし、出しゃばられたりするのは困る。それでも自分の息子が職場に来るという話を聞けば、ふつうはもっと感動するだろう。

なんだか期待を裏切られたような気がして、急に腹が立った。

「クラス全員行くんだよ。先生だって」

「そう、みんなの勉強に役立つといいけど」

お母さんは変わらぬ調子で淡々と言う。まぁすごいとか、お母さん張り切っちゃうわとか、どうしてそういう言葉を返してこないのかと友樹はますます熱くなった。

「なんだよ、お母さんのやってる仕事を見に行こうっていうのに、全然感動しないわけ？　だいたいふつうの親なら、こんなすごいことしてるんだよと説明してくれたり、こうして人の役に立ってますって仕事の自慢をするもんじゃないの？」

「今ここで説明しなくたって、実際に見ればいいじゃない。そしてそれがすごいことなのか、人の役に立っているのか、しっかり考えるのが友樹たちの勉強なんじゃない？」

言われてみればその通りだ。理屈では納得できるけど、感情ではそうはいかない。せっかくお母さんと仕事の話ができると思ったのに、これじゃあ全然物足りない。

「だったらせめてお母さんがテレビ局でどんな仕事してるのかだけでも教えてよ」

「そうねぇ、それこそ説明がむずかしいわねぇ」

何がおかしいのか、お母さんはクックと喉を鳴らして笑う。

「むずかしいって何だよ。社長とか部長とか、いろいろあるじゃないか」

「ああ、肩書きが知りたいんだったら、ほら……」

お母さんは大きな仕事用のバッグを探ると、友樹に名刺を差し出した。ケーブルテレビ局の名前の下に、「チーフディレクター」とある。

ディレクターという仕事がどんなことをするのかいまひとつわからなかったけど、「チーフ」というのは学級委員のようものだろう。たくさんの人に指図をして、颯爽《さっそう》とテレビ局の廊下を歩く姿が浮かんだ。

「ひぇー、なんかすごいね。知らなかったけど、お母さんってほんとはすごく偉い人だったんだ」

一気に興奮が押し寄せて、声が上ずった。でしょう？　と得意げに返ってくるかと思ったのに、お母さんは静かに笑っただけだ。

クラスのみんなにからかわれたり、もちろんいじめられたりするのは絶対にイヤだけど、少しくらいお母さんが目の前をウロチョロしてもいい。「ウチのお母さんなんだ」と、もしかして自慢してもいいかも、と思った。

「しょぼいよねぇ」

「これでよくニュースとか放送できるよね」

いつもペチャクチャとうるさい女子たちが、ヒソヒソ声で話している。声は低く、小さくても、その感想は友樹の気持ちをくじくのに十分だった。

ケーブルテレビ局は、テレビ局という名前のイメージからはほど遠い。五階建てのビルの三階から五階までのフロアで、一階は居酒屋とラーメン屋、二階にはダンス教室と美容院があった。

定員十人の小さなエレベーターではクラス全員乗ることができず、「階段で行きますよ」という小林先生の声で狭い階段を登りはじめた途端、女子たちのヒソヒソ声だ。それでも実際に中を見たら立派なんじゃないかと思ったけど、案内されたスタジオは教室ほどの広さしかない。カメラが一台に、照明と録音の機材がそれぞれ二台ずつ、何本ものコードでつながっている。テレビ局のスタジオっぽいなと思えるのは、せいぜいそれくらいだ。

スタジオの隅にはベニヤ板にダンボール箱、パイプ椅子にビールの空きケースまで雑然と並んで、やたら暗く湿っぽかった。

「みんな、ニュースを見たことあるかな？　私はここに座って、ニュースを読んでいます」

細長い机の前に立って説明するのは、入社三年目だというアナウンサーの桜井さん。でもただのアナウンサーじゃない。友樹たちがテレビ局のドアを開けたときは、入ってすぐの受付に座っていて、最初の自己紹介でもこう話した。

「私はこのテレビ局で、三つの仕事をしています。ニュースを読むアナウンサー。地域の人にお話を聞いたり、それを伝えるレポーター。そして受付です」

「どうしてひとりで三つも仕事をしてるんですか」

いつも成績のいい女子が、素早く手を挙げて質問する。

「みんな、ここに来て、わぁ小さい、これがほんとにテレビ局なの、って思わなかった?」

桜井さんは笑いながら言い、みんなもつられるように爆笑した。

「そう、みんなが思ったとおり、ケーブルテレビ局というのはとても小さな会社です。ここで働いているのは全部で15人です」

ええー? ウソォー? マジ? と脱力した声が上がる。友樹はそんな声も出せないほど力が抜ける。お母さんの名刺にあった「チーフ」の文字がいかにもウソっぽく感じられて、裏切られた気がした。

桜井さんはしらけた空気をものともせず、はきはきした口調でつづけた。

「少ない人数で取材や撮影、ニュースの制作などをします。短い番組を作るのだって、事前の調査や取材が必要だし、無事に撮影が終わっても今度はそれを編集する作業があります。情報がきちんと伝わるか、ミスはないか、チェックする仕事も大切です。それからCMって知ってるでしょ？　テレビで流す宣伝のことね。そのCMを流したいという会社やお店を募集する仕事もあるし、もちろんこのテレビ局が作る番組をたくさんの人が見てくれるように宣伝する仕事もあるの」

仕事はたくさん、でも働いている人は少ない。だから一人で何役もこなさなくちゃいけない、と熱っぽく話す。クラスのみんなは桜井さんの言葉をノートに書きとめながら、だんだんと真剣な表情になっていた。

「小さな会社だから、大変なこともいっぱいあります。雨の中、重い機材をみんなで運んだり、炎天下に撮影場所を探して歩きまわったり。でも自分たちが作ったテレビ番組をたくさんの人が見てくれるようがんばってるの。地域のニュースをきちんと伝えて、少しでもこの地域に暮らす人の役に立ちたい。ここで働く人はみんなそう願って、全員で力を合わせています」

誰からともなく拍手が起こり、桜井さんは照れたようにお辞儀をした。どこか誇らしげなその顔を見ながら、友樹はお母さんのことを考えた。

ケーブルテレビ局は見た目しょぼいけど、確かにお母さんはがんばっている。ときにはカメラを運んだり、取材をしたり、桜井さんのように一人何役もこなすんだろう。颯爽と廊下を歩く想像ははずれたけど、額に汗を浮かべながらはじける笑顔で働く姿が浮かぶ。せっかく見学に来たのだから、少しくらいお母さんのがんばりを見て帰りたい、そんな気持ちが強くなった。

桜井さんの案内で編集室やモニター室、資料室を見学した。どれもこじんまりとした、子ども部屋くらいの広さだ。お母さんの姿を探しても見当たらない。桜井さんに聞けばたぶん居場所はわかるだろうけど、うっかり大声でも出されたらみんなにお母さんのことがわかってしまう。

ためらううちに終了時間が迫っていた。クラスのみんながそろって受付前に並ぶと、学級委員が桜井さんに「お礼の言葉」を言いはじめる。

このビルのどこかにお母さんはいるのか、それとも外で取材中なのか、じりじり焦る思いでいると、ドアの向こうから突然怒鳴り声が聞こえた。

何事か、とみんな一斉にドアのほうを向く。開いたドアから若い男が荒々しく入ってきた。その男を、必死の形相で止めているのはお母さんだ。

「待ってください。今、小学生が見学に来ていて……」

悲鳴のようなお母さんの声を、男のがなり声がかき消す。

「どうだっていいよ、そんなこと。ふざけた真似したのはそっちじゃねぇか。オレは話をつけにきたんだよ、話を！」

クラスのみんなは、凍りついたように動かない。小林先生はさっと体を前に出して、みんなをかばうような姿勢を取った。桜井さんは素早く男に駆け寄るとお母さんと二人で手を広げ、懸命にとおせんぼをした。

目の前の光景が信じられない思いで、友樹は立ち尽くしていた。今にもお母さんが男に何かされそうで足がガクガク震える。誰か助けて、と叫ぼうにも、喉の奥が塞がったように苦しかった。

「お話があることはよくわかります。きちんと伺いますので、奥の部屋でお願いします」

お母さんはこわばった顔をしながらも、きっぱり言った。男は威嚇《いかく》するような鋭い目で睨みつけたまま動かない。

固唾《かたず》を呑んで見守るみんなの前で、お母さんはもう一度ゆっくり声を出した。

「私が、責任をもってきちんとお話を伺います。お客様のご納得がいただけるまで、何時間でもご説明させていただきます。ですからどうぞ、奥の部屋でお願いします」

言い終わると同時に、体を直角に折り曲げるようにして深々と頭を下げた。友樹はますます混乱し、思わず涙があふれてきた。

なにやら無茶苦茶な若い男に頭を垂れたお母さんが痛々しくてたまらない。いったいなぜこんなことをしているのか、これがお母さんの仕事なのか、見えない力で胸がつぶされそうだ。

体を折ったままのお母さんの横で、桜井さんが男をうながすように言った。

「お客様、こちらです。私がご案内しますから」

男は肩を揺すりながら、ふてぶてしい足取りで歩き出す。桜井さんは小林先生に軽く頭を下げ、「すみません、すぐ戻ります」と早口で言うと、緊張した様子で男の前を歩いていった。

「みなさん、本当にごめんなさい。ビックリさせてしまいました」

顔を上げたお母さんは、意外にも明るい笑顔だった。

「せっかくの職場見学なのに、さぞ驚いたことでしょう。さすがテレビ局だけあって、こんなドラマみたいなことが起こっちゃうんですねー」

冗談めかした口調に、みんなの緊張がふわっとほぐれた。友樹はまだ目に涙をためたまま、じっとお母さんの顔を見ていた。

「すぐに桜井さんが戻ってきますので、少し待っていてくださいね。それまで、何か質問がある人がいたら遠慮なく聞いてください」

ついさっきまでハラハラする場面だったのに、お母さんはもう動じていない。穏やかな目をしてみんなを見渡すと、真っ先に手を挙げた女子を指した。

「あのぉ、今、怖くなかったですか」

「ほんとのこと言うと怖かったです。オシッコちびりそうでした」

アハハ、と笑うお母さんにみんなは目を丸くして、次の瞬間大きな笑いが広がった。凍りつくような時間を、たちまちなごやかなものに変えて、お母さんは堂々と立っている。

笑いの中で何本もの手が挙がる。クラス全員、お母さんのパワーに惹きつけられたように、まっすぐの視線が集中する。

何がなんだかわからないけど、お母さんはすごい。

思いきって手を挙げ、「お母さん」と呼びかけてみたい。

でも今、目の前の人はチーフディレクターなんだと、友樹はまぶしい思いに包まれている。

第二部 愛しい子どもたちへ

心磨き

お母さんにそっくりですね。

自分の子どもをそう評されて、ふつうの母親はうれしいのだろうか。

美人だったり、頭がよかったり、堂々としている人ならきっと素直に喜べるだろう。

でも、お母さんにそっくりですね、そう娘の真奈が言われるたびに、薫の胸にはヒヤリと冷たいものが走る。

愚図。小心者。要領が悪い。

幼いころからそんなレッテルを貼られてきた自分の、拭いようのないコンプレックスと心の痛み。

愛しい娘には、決して受け継いでほしくなかったのに、ときどき、いやでもそれを認めなければならない場面がある。

あれは真奈が一歳を過ぎてヨチヨチ歩きをはじめたころだ。同じ年頃の子どもと遊ばせようと、近所の公園に連れていった。

スコップやバケツを手に、砂場で五、六人の子どもが遊んでいる。遠慮がちに隅のほうへと座り、母子で砂をすくいはじめたら、近づいてきた二歳くらいの女の子がバケツを奪った。おまけにスコップで砂をすくっては、真奈の顔めがけてぶつける。

付き添いの母親は、ほかの母親とのおしゃべりに夢中で気がつかない。薫は困ったように笑って「ダメよ」と軽く注意した。女の子は癪《しゃく》にさわったのか頬をぷっと膨らませ、ますます意地悪く繰り返す。

バケツを奪われ、砂をぶつけられても、真奈は怯えた顔でただ座っているだけだ。されるがまま、じっと耐えているその姿に、薫は心の中で小さく悲鳴を上げた。

いつも損な思いをして、惨めになるのは自分だけでたくさん。どうか真奈、あなたまで周囲の人に押され、はじかれ、遅れを取らないで。

「そんなことしちゃダメ。やめなさい」

今度は強い声で女の子を叱った。奪われたバケツに手を伸ばすと、真奈のくやしさの分まで取り返そうと、勢いよく取っ手を引っ張った。

次の瞬間、女の子は大声を張り上げ泣き出した。公園中の視線が一気に集中し、母親は血相を変えて駆け寄ってくる。

「なんですか？　何があったの！」

泣き叫ぶ我が子を抱き上げると、きつい口調で詰め寄った。

「いえ、あの……」

悪いことはしていないはずなのに、薫はしどろもどろになった。今起きたことを一から説明すればいいのだろうが、女の子の涙の前にはどうにもうまい言葉が探せない。

「どうして泣いてるのよ。あなた、何をしたの」

母親はすっかり薫を悪者扱いし、険のあるきつい目を向けた。

「うちの娘のバケツを持っていってしまって。それに娘に向かって少し砂をかけたので注意したんです。そしたら……」

「なによ、そんなこと？」

実際の出来事より軽めに言ったつもりでも、母親はエキサイトした声を上げ、ますます厳しい目を向ける。

騒ぎに興味津々といったふうにほかの母親も集まってきた。たかがそれくらいのことで、小さな子どもをこんなに泣かせるなんてねぇ。そう口にはしなくても、全員の目が冷ややかに、あきらかな非難を含んでいる。

薫は何の弁明もできないまま、顔を赤くしてうつむいた。なぜこんな展開になってしまうのか、今さらながら要領の悪い自分を呪いたい。

横から真奈の手が伸びてきて、恐る恐るシャツの裾をつかんだ。布地を通して伝わってくる小刻みな震えが、これから娘に降りかかる痛みを暗示しているようで、たまらなく胸が苦しくなった。

母親である自分がそばにいて、なんとか守り、かばってやれるときはいい。幼稚園の運動会やお遊戯会ともなれば、公園の砂場と同じわけにはいかない。

認めたくはなかったし、決してそうあってほしくないと願ったが、真奈はいつも損な役回りに見えた。

運動会でポンポンをふりながらリズム体操を披露したときは、よりによってクラスで一番目立ちたがり屋の女の子が隣に並んだ。オーバーアクションで腕を振り、アイドルのような笑顔を浮かべる女の子の横で、真奈はどこか済まなそうな顔でぎこちなく踊っている。

保護者席に座った薫は、知らずにこぶしを握りしめ、なんとも言えないイライラする思いと闘っていた。

女の子ばかりが目立ち、真奈は引き立て役のようになっているだけでも惨めなのに、その子の母親が輪をかけて目立つ。一目でブランド物とわかる服を着て、しゃれた化粧をし、最新のビデオカメラを手に何度も腰を浮かす。

周囲の人の邪魔になるのもお構いなしといったふるまいなのに、不思議なことにそれがまた彼女に与えられた特権のように思えてしまう。

美しい人はより美しく、昔そんなCMがあったな、と痛みが込み上げた。

美しい人の子どもは美しく、目立つ母親の子は目立ち、スポットライトを浴びる道を歩んでいくのだろうか。

リズム体操が終わって、園庭には大きな拍手がわいた。ポンポンを手に息を弾ませながら退場していく真奈の背中を、早く進めとでも言うように女の子がドンと押す。バランスを崩してよろけた真奈は転んでヒザを打ち、這うような姿勢のまま動かない。薫はすぐにでも助けたい気持ちをこらえて、保護者席から食い入るように様子を見つめていた。先生が駆け寄り真奈の体を起こすと、クシャッとつぶれたような、半べソの顔が見えた。

「ぷっ」

少し離れた席から、小さく笑いがもれる。

視線を移すと、あの女の子の母親がきれいなルージュのくちびるを薄く開いて笑っている。その目は、転んだ真奈の姿をあざけるようで、なんとも意地悪い。

薫は激しい怒りを覚えながら席を立った。真奈の母親として、はっきりとこの怒りを伝えなくては気が済まない。

ひどいじゃない。謝って。なめてんじゃないわよ。

どんな言葉をぶつけてやろうか、胸の奥で唱えながら近づく。あと一歩、というところでいきなり彼女と目が合った。

覚悟を決めたはずなのに、なぜか顔がこわばっていく。急に取り繕わなければならない気分になって、思わず、心にもない媚びた笑顔を作った。

女の子の母親は何事もなかったように華やかな微笑みを返すと、いかにも優雅に目礼した。その堂々とした態度に、薫は闘う前に負けた自分を感じ取った。


子どもをありのままに認めましょう。個性を丸ごと受け止めましょう。

子育ての指南本に書かれたアドバイスは、数えきれないくらい読んだ。確かにその通りだと思うし、そうしたいと願った。

愚図ではなくおっとり。小心者ではなく慎重派。要領が悪いのではなく、真面目で思慮深くつつましい。

考え方を変え、真奈の個性を大切に見守ろうと繰り返し自分に言い聞かせた。それでも小学校に入って、成績というもっとシビアな現実を突きつけられたらどうしたって焦りは募る。

一年生の最初の学期が終わり、真奈が持ち帰った通知表には、三段階でひとつも三がない。◎、○、△で表示される行動評価も○と△ばかりだった。

突きつけられた現実を前に、真奈にどんな言葉をかけたらいいのかと薫は迷った。

もっとがんばりなさいと言えば、この子はたぶん萎縮してしまうだろう。かといって、だいじょうぶ、これがあなたの個性だからと言うのも違う気がする。

なんでもいい。何かで真奈を思いきりほめてあげたい。これがあなたの優れたところだよ、と認めてあげたい。

優しさ、まじめさ、思いやり。真奈のいいところはわかっているつもりでも、それだけではない何かがほしい。そしてできることなら、母親の自分が認めるだけでなく、他人の目で認められる瞬間がほしい。

薫は通知表を閉じると、一緒に配られた数枚の学校便りに目を移した。「校内トイレ清掃のご案内」という手紙がある。毎週土曜日の朝八時から、地域のボランティアと一緒に学校中のトイレ清掃をするという内容だ。清掃後は、参加者一同でお茶を飲み、お菓子をつまんでの簡単な茶話会もあるらしい。

「児童、保護者ともご都合のつく方はぜひご参加ください」の文字に、どうしようかと思った。土曜の朝八時からともなれば、よほど学校に協力的な保護者以外そうそう参加しないだろう。ましてトイレの掃除だ。せっかくの休日に、朝から親子で学校のトイレ清掃とは、積極的に参加したい話ではない。

迷いながら、薫は真奈に声をかけた。

「学校からのお便りでね。毎週土曜日の朝八時から、学校のトイレの掃除をしてくれる親子を募集してるんだって。終わったら、ご近所の人や先生たちとちょっとお話をしたりするみたいだけど、真奈はどうする？　お母さんと一緒に参加してみる？」

真奈は困惑した表情で、なかなか返事をしない。愚図、小心者、要領が悪い。いやなフレーズが頭をかすめたとき、ようやく小さなつぶやきが聞こえた。

「うーん、行ってもいいかなぁ」

行きたいのか行きたくないのかはっきりしない、中途半端なその言い方に、薫の焦りはまた大きくなった。


早いもので間もなく半年が経つ。真奈と一緒に参加した校内トイレ清掃は、思った以上に大変だった。

予想していたとはいえ、保護者の参加はほとんどない。最初のころはＰＴＡの役員が義理のように顔を出したが、二ヵ月、三ヵ月と経つうちだんだんと人数が減った。今では、毎週欠かさず参加する一年生の親子は薫と真奈だけだ。

学年末を迎え、今日はすべてのトイレをいつも以上に念入りに掃除した。便器の隅々までブラシと雑巾でピカピカに磨き、床のタイルの目地に詰まった汚れは古い歯ブラシを使って落とす。ドアのノブ、トイレットペーパーホルダー、屑物《くずもの》入れのフタの裏まで、薫と真奈は脇目もふらず磨いていた。

「ご苦労様。そろそろ終わりにしてね、お茶にするから」

地域ボランティアの代表を務める増田さんが声をかけてきた。近くの商店街で焼き鳥屋の女将をするだけあって、きびきびした雰囲気の人だ。いったいどこで買ったのか派手なヒョウ柄のトレーナーを着て、頭には三角巾代わりに真っ赤なバンダナを巻いている。

てきぱきと手を動かすだけでなく口もそれ以上に動き、おまけになんとも迫力のあるハスキーボイス。いかにもやり手といったこの人が、薫は内心苦手だった。

「ありがとうございます。あと少しだけやっちゃいますね」

軽く会釈しながら使用済みの雑巾を固く絞る。真奈のほうは備え付けたトイレットペーパーの端を丁寧に折っていた。

水滴ひとつ残っていないタイルの床。使い込まれていないながらも白く輝く便器。整然と、そして清潔に並んだトイレのドアを見ながら、薫はようやくほうっと息をついた。

ふと視線を感じて目を上げると、増田さんが廊下からじっと様子を見ている。どことなく険しい顔つきに、薫はたちまち緊張した。

グズグズしないでよ、と怒鳴られそうだ。現にこのボランティアの初日、増田さんが別のお母さんを怒鳴りつけていたのを見た。

「スマホなんてあとまわしにすんのよ。ペチャクチャしゃべってる暇があったら、とっとと手を動かしなさい。ほら、しゃきしゃき動く!」

どうやらあのお母さんはスマホで誰かと話していたところを注意されたらしいが、「とっとと」とか「しゃきしゃき」という言葉は、いやでも薫の胸に刺さった。いつ自分だって「とっとと動け」、そう怒られることやらと萎縮してしまう。

それでもその後、増田さんは高学年の保護者と一緒に掃除を担当し、茶話会の席も離れていたから、今日まで面と向かってのお叱りは避けられた。なのによりによって、学年末の最後の掃除の日に、と薫はうろたえた。

伏せた目の端に、こちらに近づいてくる増田さんの姿が映る。何を怒られるのだろう、掃除の仕方か、それとも自分たち母子の要領の悪さか。

トイレの入り口に立って、増田さんは隅々まで点検するようにぐるりと首をまわす。真奈のところで目を止めると、タイルの床に反響するハスキーボイスを出した。

「真奈ちゃんって言ったよね。あんた、トイレの掃除楽しい？」

予想もしなかった言葉に、薫は戸惑って真奈を見た。猫に遭遇した子ネズミのように、真奈はビックリした目をし、口はあんぐりと開いている。

早く。薫は心の中で叫んだ。早く答えなさい真奈。てきぱきと、明るい声で「楽しいです」、そうかわいく答えてちょうだい。

「えっと……」

真奈の口がようやく動いた。薫は固唾を呑んで見つめる。

「えっと……、あの……、よく……、わかりません」

ぎこちない返答が終わるとすぐに、増田さんは「ぷっ」と吹き出した。

あの公園の砂場で、あの幼稚園の運動会で味わった暗い感情がよみがえる。カァッと体の奥が熱くなったとき、今度は威勢のいい笑い声が上がった。

「うわぁははは、あーおかしい。よくわからないかぁ、こりゃいいねぇ。あははは、はぁー、まったくまぁこの子は噂通りの子だわ」

増田さんは弾けるように笑う。その顔に悪意は感じられず、むしろさっぱりした笑顔だが、では噂とはいったい何なのか。薫の感情は上へ下へと動き、心臓がドクドクと脈打つのを感じた。

「茶話会の席でね。ボランティアに来てるおじさんやおばさんがよく話題にしてたわよ、あんたたち親子のこと」

赤いバンダナをはずし乱れた髪を手ぐしで整えながら、増田さんは軽やかに言う。

「ありゃ、ジの親子だなって」

ジ?

意味がわからず慎重な目を向けると、さすがに女将業で鍛えただけあって素早く心をほぐしてくる。

「ジって言ったって、お尻の痔じゃないよ、アッハッハ」

ひとしきり笑って一息つくと、増田さんはまた軽やかに、それでいて確かな口調で言った。

「地味だけど地力がある。自慢しないけど自分を持ってる。あと、真面目のジに、正直のジもあるね。だからジの親子」

「そんな、まさか」

薫はあわてて増田さんの言葉を遮った。

「そんなこと全然ないです。地力もないし、自分なんか持ってないし、それどころかほんとに自信がないんです。だいたい私、自分のこともまるっきりダメだと思うけど、真奈のことでも焦ってばかりで。親子そろって要領悪いし、何やらせてもうまくできないし、それでいてすぐにひねくれちゃうし、人のことうらやましくて、バカみたいに落ち込んで、ほんとダメなんです」

「よくまぁそんなにＮＧのジを並べたもんだわ、ハハハ」

増田さんはまた軽口を叩いて、薫をあしらってみせた。

「冗談で言ってるんじゃないんです。ほんとに悩んでいて。ずっと自信が持てずに生きてきたし、真奈のこともっと明るくなってほしい、目立ってほしい、このままじゃ損な人生を歩むんじゃないかって考えちゃうんです。私に似たからダメなんだろうな、どうしてイヤなところを受け継いじゃうんだろうってすごくイライラするんです」

「へぇ、そんなもの？」

いかにも意外というふうに、増田さんは目を瞬いた。

「私は逆に、あんたたち親子がうらやましいけどね。特にお母さん、あんたのことは見習いたいなぁと思うわよ」

思いがけない言葉に、今度は薫が驚き目を見開いた。


「私も娘がいてね。この小学校の卒業生でもう二十歳を過ぎたけど、この子が口だけは達者だけどちっとも中身が伴わなくて。お調子者って言うのか、浅はかって言うのか、とにかく目立ちたがるばっかりで肝心の芯がないのよ」

頭からはずした赤いバンダナをくしゃりと握ると、心なしか増田さんの声のトーンが落ちた。

「さっき、あんたたち親子のこと、地味だけど地力があるって言ったでしょ。ウチはね、派手だけどそれだけ。地に足のついた踏ん張り、まじめにコツコツ努力するってことができないの。なにしろ私が見かけ倒しの小心者、口では大きなこと言ったって、実際にはその口で失敗ばっかりしちゃうんだから。娘は私にそっくりで、ほんとどうしたものかってずっと悩んできたわよ。だから、あんたのように堅実な、地道な子育てができる人が本当にうらやましい。あっそうだ、地道もジだったわねぇ」

苦く笑いながら、増田さんはちょっと遠い目をした。

こんなことってあるのだろうか。薫は混乱して、まだ信じられなくて、いっそう大きく心臓が脈打つ。

真奈のいいところを認めよう、そしてできることなら誰か他人の目で認められたいと願ってきた。

コンプレックスを抱えた自分にも力がほしい、そして自信満々で生きているような人たちに一矢を報いたいと思っていた。

今、思いがけずそれが叶ったのに、なぜだか単純に喜べない。

「あの……」

次の言葉を探して薫は口ごもった。

要領のいい人ならきっとこんなとき、立て板に水のごとくじょうずなお世辞が返せるのだろう。さっき、ジを痔と言った増田さんのように、真面目な話を冗談めかして笑い飛ばせるのだろう。

そうできない自分にまた落ち込みそうになりながら、けれど、単純に喜べず、いい加減なことが言えない自分は、真面目で、正直で、地道な親……、そうなのだろうか。

「親って困ったもんだよねぇ」

増田さんは自分にとも薫にともつかないふうに、ため息とともにつぶやく。

「自分にそっくりでいいとか悪いとか言う前に、ほんとはその子が、自分の子としてこの世に生まれてきてくれたことへの感謝、それを忘れちゃいけないのにさぁ」

つい忘れて、イライラしたりガミガミ怒ったりしちゃうよねぇ、とつづけると、おもむろに腰をかがめ真奈の顔をのぞき込んだ。

「真奈ちゃん、あんたはこんなに一生懸命トイレをきれいにできるんだから、きっと心もきれいな子なんだねぇ」

なりゆきを理解するには幼すぎる真奈は、またも口をあんぐりと開いている。

「そのきれいな心は、お母さんに似たんだよ」

柔らかいハスキーボイスが、薫の胸にじんわりと染みわたってくる。

「あら大変だ。みんなお茶を待ってるだろうに、ついおしゃべりが長くなっちゃって。ほんとにこの口はしょうがないねぇ」

増田さんはあわてて背中を起こすと、もう小走りに廊下を駆けていく。

薫は真奈を見て、それから掃除の終わったトイレを見る。確かに磨かれたものを感じて、すぅっと深呼吸してみる。

ドンマイ

たった十五段の階段が、エベレストの登山道のように感じる。登るほど体が重くなり、息が苦しくなり、ほんの少しのつまずきで真っ逆さまに落ちてしまいそうだ。

階段の上には、亮介の部屋がある。もう半年以上、閉ざされたドアの向こうで、あの子は何を思い、どんな時間を過ごしているのだろう。

せっかく入った高校を、わずか三ヵ月でやめることになるとは思わなかった。

もっと慎重に進路選択していればこんなことにはならなかったのか。自分の欲があの子を追い詰めてしまったのか。何百回と覚えた後悔を今また噛み締めて、佐知子はドライカレーと野菜スープののったトレイを手に階段を登りはじめる。

午後三時を過ぎて昼食の時間には遅い。冬の日差しは、すでに明るさを失いかけている。せめて少しでもこの日差しを浴びて心の元気を取り戻してほしいのに、おそらく部屋のカーテンは閉め切ったままだろう。一日のほとんどを湿っぽい空間で過ごす亮介を思って、佐知子は不意に涙がこぼれた。

もうダメだ。これ以上がんばれない。いっそ母子一緒に死んでしまいたい。

込み上げる思いに混乱し、トレイを持った手がぶるぶると震え出す。何かの力に押されるようにトレイを踊り場の床に叩きつけ、佐知子は一気に階段を駆け下りた。

ダイニングのイスの背もたれに掛けてあった買い物バッグをつかむと、玄関へと走る。そのまま鍵もかけずに外へ出て、魔物から逃げるように一目散に走り出した。


制服姿の女子高生たちが、スマホを手になにやらおしゃべりしている。大きなスポーツバッグを肩から提げ、太い笑い声を立てる男子の一団もいる。

ちょうど下校時間のせいだろう、次々とファーストフード店に入ってくるのは、ほとんどが近くの高校の生徒たち。隅の席にぽつねんと座った佐知子は、亮介と同じ年頃の子どもたちを目で追いつづけていた。

あたりまえのように学校へ通うあの子たちと、暗い部屋に引きこもる亮介と、いったい何が違っていたのだろう。能力、性格、家庭環境、どれを取っても大きな違いがあるとは思えない。

なのになぜ。よりによって自分の子が。

思いは同じところをグルグルまわり、一時間も前に頼んだホットコーヒーはカップの中で黒く沈殿している。

注文カウンターの前に、若い母親と小学校高学年と思える息子の二人が立った。男の子は有名進学塾の名前が入ったデイバッグを背負っている。どうやら塾の授業時間の合間に食べるハンバーガーを買っていくらしい。

「お野菜を取らなくちゃダメだからサラダもつけたら？　ドリンクはコーラよりオレンジジュースにしなさい」

母親はなかば命令口調で息子に言う。少し不満げな顔をしながら、言葉に従う子どもの様子に、佐知子は塾の送迎に付き添った日々を振り返った。

最初は小学校三年生で、近所の補習塾へ入った。学校の教科書を中心にわからないところを教えるという程度で、のんびりした雰囲気だった。ときには勉強から脱線して、トランプやしりとり、相撲を取ったこともあると亮介から伝え聞いた。

成績の伸びより体と心の伸び。そういえばあの補習塾の先生は、よくそんなことを言っていた。勉強ができるかできないか、そこにばかり目を向けず、体が大きくなった、心が強くなった、そちらもしっかり見てあげてくださいと。

もっともだと思いながら、佐知子の心に不安がかすめた。理想はそうであっても、現実はそんなに甘くない。気弱な亮介に合うと思って選んだ塾だったが、ここではかえって欲のない、ぼんやりした子になりそうだ。

本人は満足しているふうで先生のことも好きだと言ったが、四年生には大手の進学塾に変えた。

「中学受験をお考えですよね、当然」

入塾を控えた面接で担当教師が言った「当然」に、佐知子は喝《かつ》を入れられた気がした。気弱だが素直で優しい、なによりかわいいと思う亮介だが、そんな甘い気分だけではこの先ダメらしい。

「先日の入塾テストで拝見したところ、亮介くんはとても素直なお子さんですね。そういうお子さんは、がんばれと言えばがんばるし、できるよと励ませば実際にできるようになるんです。だから高い目標を掲げたほうが、いい結果が出ますよ」

自信満々な教師の様子は、単なるセールストークとも思えなかった。むしろ的確なアドバイスを得た気分で、佐知子は俄然張り切った。

四年生は週三日、五年生で週四日、そして六年生になると週五日の通塾に土日の補講や模試が加わる。佐知子のスケジュールの中心は、亮介の送迎や受験勉強の環境を整えることになった。

参考書や問題集を買いそろえることはもちろん、予習、復習の教材を準備し、深夜までの家庭学習に付き添う。塾で食べるお弁当には特に力を入れて、ビタミン、カルシウム、たんぱく質と栄養のバランスにも気を配った。

あんなにがんばってきたはずなのに。

悲しさとくやしさと、なによりやりきれなさが波のように襲う。

ハンバーガーを買い終え店を出て行く母子の姿を見送りながら、佐知子は込み上げるむなしさに強く唇を噛んだ。

「おや、亮介くんのお母さんじゃないですか」

突然の呼びかけに驚いて目を上げると、見覚えのある男の顔が微笑んでいる。ふっくらした丸顔にパンダのようなたれ目。いかにも穏やかなその顔は、かつて亮介が通っていた補習塾の北村先生だった。

「まぁ先生、ご無沙汰してます」

軽く腰を浮かせて挨拶しながら、北村の背後につづく数人の小学生の列に気づいた。

「今日は塾の子どもたちとボウリング大会をすることになって、その前の腹ごしらえなんですよ」

佐知子の視線の動きに答えるように言うと、北村は隣の席を指差して、座っていいですか、というジェスチャーをした。

「どうですか、亮介くんは元気でやっていますか」

席に座ると、張りのある声を上げる。悪気など何もない、ごくふつうの社交辞令なのに、佐知子は心臓はキリリと痛むようだった。

「確か中高一貫のJ中学に入学したんですよね。あそこは難関なのに、まったくたいしたもんだ。今は高校生になりましたか？　きっとがんばってるんでしょうねぇ。久しぶりに会いたいなぁ」

事情を知らないとはいえ、明るい口調で一方的に話しつづける。

北村の話は途中まで当たっていた。亮介は質量とも相当な受験勉強をこなして、難関の中高一貫私立校に合格した。母子で抱き合わんばかりに喜んだのも束の間、実際に入学してみると現実はシビアだった。

一流校だから、生徒はみな優秀だ。単に勉強ができるというだけでなく、スポーツが得意で文武両道に長《た》けた子もいる。音楽や美術の才能にあふれ、全国コンクールで賞を取る子も珍しくない。帰国子女で英語がペラペラな上、コンピューターのプログラミングができる子もいた。

おまけに無事入学したからといって一安心、あとはマイペースでというわけにはいかなかった。新たに私立中学生専門の塾に通ったり、家庭教師をつけたり、それまでと同じかそれ以上に勉強していかなければたちまち落ちこぼれてしまう。

優秀な子どもたちの中で、さらに上、中、下、と差ができた。なまじプライドがあるだけに、その選別には一層敏感になる。亮介は入学直後から「下」で、それでもなんとか周囲から落ちこぼれないようにと懸命だった。

そして佐知子は、もっと懸命に、必死に、亮介を支えたつもりだ。我が子のために、その一念でお金も時間も気持ちも惜しみなく与え、尽くした。

「先生……」

今また、何かの力に押されるように、佐知子は黙っていられない。パンダに似た北村のたれ目が「話してごらん」とささやきかけているようで、胸の奥で崩れる感情の波はこらえきれず口元からこぼれていく。

「亮介はJ中学の三年生になってから、だんだんと学校へ行きたがらなくなって。結局、高校は別の私立に入ったんです。でもそこも三ヵ月でやめてしまって……」

さぞ驚かれるだろうと思ったのに、北村は軽く眉を寄せて心配そうな顔をしただけだった。

「それで今は?」

「家にいます。この半年、自分の部屋に引きこもって、ほとんど顔も見せないんです」

一気に吐き出すと、また涙がこぼれた。一度心の留め金をはずしてしまったら、あとはもう感情のコントロールが利かない。涙は次々に滴り落ちて、テーブルの上を濡らす。

しばらく黙ったまま佐知子の涙を見ていた北村はふうっと大きく息を吐くと、思いもかけないことを口にした。

「お母さん、これから一緒にボウリングやりましょう」

ボウリング場に来たのは、かれこれ十七、八年ぶりだ。昔は紙にエンピツでつけていたスコアはコンピューター式になって、スペアやストライクの点数加算も自動的にできる。

「うわぁー、またガーターだぁ」

「ドンマイ、次があるぜー」

北村の塾に通う子どもたちがはしゃいだ声を上げ、ハイタッチをして盛り上がっている。佐知子は子どもたちに混じって、慣れない動きで重いボールを投げていた。

ヨロヨロと蛇行してレーンを進むボールは、弱々しく二、三本のピンを倒す。それでも子どもたちは「いいぞぉ！」と励ますように手を叩き、北村も「いけいけ、どんどんいけー！」と子ども以上に熱い。

あれほど深刻な話を打ち明けた直後、いきなりボウリングに誘われ腰が抜けそうなほど驚いた。とんでもない、行けるわけないじゃないですか、と睨みつけたら、北村は静かに言った。

「なぜ行けないんですか」

「なぜ？　そんなのあたりまえじゃないですか。家には亮介がいて、これから夕食の支度だってあります。だいたいあの子、お昼ご飯も食べてないんですよ。私がつい感情を抑えきれなくなって、ご飯の乗ったトレイを階段に叩きつけちゃったから。ああ、そうだ、トレイだって片付けなくちゃ。とにかく私、こんなことしてられないわ。早く家に帰らないと、亮介のことが心配……」

「はい、もうそのへんで」

北村は佐知子の言葉を途中で遮った。

「お母さん、少し亮介くんを働かせましょう」

「はっ？」

「お母さんが上げ膳据え膳で、まるで召使いのごとくなんでも完璧にやってくれちゃうと、子どもはかえって苦しいんですよ」

働かせましょう、北村はもう一度言って、静かに言葉をつないだ。

皿洗いでも、風呂の掃除でもいい、何かひとつ子どもの役割を決めるんです。ほら、学校には給食当番とか掃除当番というのがあるでしょう。家でもそういう役割を持たせる。そのためには、お母さんが少しくらい留守して、あとはお願いねぇ、あなたがいてくれて助かるわぁ、って言っちゃったほうがいい。子どもは役割を与えられてこそ責任感を学ぶし、それが子どもの心を強く、たくましくするんですよ――。

あのときと同じだ、と佐知子は感じた。亮介が補習塾に通っていたところ、「勉強の伸びより体と心の伸び」と言われ、もっともだと思いながら甘い考えだと打ち消した。

今、北村が言う役割も確かにもっともな話だが、だからといってそれが亮介をどう変えるというのだろう。

「でも先生、皿洗いや掃除をさせて、それがあの子にとって何になるんです?」

切り口上で言うと、北村は穏やかな顔をしながらもきっぱりと返した。

「自分が必要とされている、と実感するためです。オレが皿を洗うからお母さんが助かる、掃除をするからこの家の風呂がきれいになる、それはすなわち自分が家族に必要とされていると感じることなんです。家の手伝いくらいで、子どもが変われるものか、そう思われるかもしれないけど、親から働き手として頼られることは大切ですよ。家族から、うれしいよ、ありがとうと言われることで、自分の存在価値を確認できる。だって人は、もちろん僕も、そしてあなたもそうでしょうけど、自分が誰かに必要とされている、何かの役に立っていると実感したいものじゃないですか」

そんな簡単な話だろうか、と佐知子はまだ納得できなかった。

皿洗いどころか、皿一枚も運ばせたことのない亮介に、あとはお願いねぇ、などと言って母親がいなくなれば自分の存在価値を確認できる?

誰かに必要とされている実感が得られるなんて、そんな都合よく行くものだろうか。ましてやそれがあの子を立ち直らせるとは、とてもじゃないけど信じられない。

不満を隠せない顔で押し黙ると、北村は意にも介さないふうに笑いかけた。

「とにかく一度試してみたらいいですよ。なぁに、お母さんがいなくたって、メシくらいもう自分でチャッチャと食べられる年でしょう。だから早速、これからボウリングに行きましょう」

そうやって半ば強引に連れてこられたボウリング場で、小学生と一緒にボールを投げている。

ゲームの後半、すでに五回連続ガーターだ。ミゾに落ちたボールは力なく進み、微動だにしないピンは立ちはだかる厚い壁のように見える。

「ドンマイ!」

「まだまだ、ここから挽回だぞー!」

子どもたちと北村は惜しみなく声援を送り、励ますように手を叩く。

ドンマイ、か。

レーンに立ち、整然と並ぶピンを見つめて佐知子はふと口元がゆるんだ。

Don't Mind. 心配するな。だいじょうぶ。

ヨロヨロと蛇行して進んだボールがゆっくりとピンに吸い込まれ、一本、また一本と壁を打ち破るのが見えた。


家に戻ったのは八時を過ぎていた。門の前で様子を探ると、リビングやダイニングがある一階の部屋には電気がついていたが二階の亮介の部屋は真っ暗で、すっかり冬の冷気に包まれているようだ。

不吉な予感で、たちまち胸が締めつけられる。トレイを叩きつけたまま鍵もかけずに外へと走り出て、五時間以上が過ぎている。その間、連絡ひとつせずにボウリングに興じていた自分が、とんでもなく罪深い母親のような気がした。

玄関に入ると、佐知子は真っ先に階段の踊り場に向かった。叩きつけ、散乱しているはずのドライカレーと野菜スープはどこにもない。

まさか亮介が片付けたのだろうか。部屋に駆け寄りノックをしても、何の応答もなく静まり返っている。思いきってドアを開けてみたが、そこには暗い空間が広がるだけだ。

ますます不吉な思いで、階段を駆け下りる。電気の灯るダイニングに飛び込むと、亮介はキッチンカウンターの前に立っていた。

「あ、あの……」

我が子を前にしているというのに、咄嗟《とっさ》に言葉が出ない。

急に留守してごめんね。トレイを片付けてくれたの？　補習塾の北村先生に会ったのよ。お母さんボウリングやっちゃった。

何からどう話せばいいのかわからないし、そもそも話していいものかどうかもわからない。

うろたえながら目を泳がせると、カウンターの上におにぎりがあった。海苔も巻かれていない、形も不格好なおにぎりが二個、花柄の小皿にのっている。

それが何を意味するのか、今何を言えばいいのか、考える間もなく自分でも意外な言葉が飛び出した。

「あら、このおにぎりおいしそう。お母さんお腹すいてるんだけど、食べていい?」

亮介は一瞬驚いたように目を見開いた。ぶっきらぼうな、それでいてどこか優しげな顔でボソリと言う。

「いいよ、オレはもう食べちゃったし」

「うれしい。助かったぁ」

飛びつくように手にし、口いっぱいに頬張ると、少し塩気が利きすぎている。

でもきっと、何度か作っていくうちにじょうずに握れるようになる。

ドンマイ、亮介。

ドンマイ、私。

何度ミゾに落ちたって、右に左に蛇行したって、いつかこの壁を打ち破るときは来る。

心の中でつぶやいておにぎりを噛み締めると、さっきより柔らかい声が上がった。

「お母さん、手を洗ってから食べなよ」

塩気のせいか、それとも別の理由か、鼻の奥がツーンとして、佐知子は泣き笑いの顔になる。

はたらく喜び

四十歳にしてはじめて、インタビューを受けることになった。テーマは「仕事」、正直困ったなぁと華代は頭を抱える。

おまけにインタビュアーは息子の順平だ。六年生の夏休みの宿題で、「仕事」、「家族」、「子育て」という課題の中からひとつを選び、身近なおとなから体験談を聞いてまとめるらしい。

「どうせだったら子育てにしてよ。それなら話すネタもいっぱいあるし、一番感動的じゃない」

当然の口調で言ってみたが、順平は即座に首を振った。

「ダメだよ子育てなんて。どうせ産まれてくれてありがとう、あなたは私の宝物、みたいな話だろ。そういう話はさぁ、はっきり言ってダサイんだよ」

ダサイとまで言われて、華代は軽くショックを受けた。自分なりに一生懸命注いだ愛情が我が子にはきちんと伝わっていないのか、たいして感謝もしていないのか、そう力が抜ける。

もっともこのくらいの年齢は、母親に対する照れも出てくる時期だ。心の中では感謝しても素直に口に出せない、むしろつい逆のことを言ってしまうのだろうと、いい意味で解釈することにした。

「子育てがダメなら家族は?」

「だからさぁ、そういう話はクサイって。どっちにしろ愛が大切、絆がどうとか、そういう話になっちゃうだろ」

ダサイの次はクサイときた。またもショックだが、考えてみれば母親だけでなく家族に対しても素直になれない年頃かもしれない。

「じゃあ仕事ってことになるけど。それならお母さんじゃなく、お父さんに聞けばいいじゃない」

身近なおとなであれば誰でもいい、しかも仕事の話を聞きたいというのなら、自分より夫のほうがよほど適任だ。自動車販売会社の営業マンだから、営業現場の苦労にせよ、顧客とのエピソードにせよ、山ほど話すことがあるだろう。

「お父さんでもダメだね」

順平はやけにおとなびた感じできっぱりと言った。

「なんでよ、なんでお父さんじゃダメなの。仕事の話といえばふつうはお父さんでしょう」

「わかってないなぁ。だからダメなんだよ」

今度はあきれたように、しらけた口調だ。まだまだ幼い、かわいいとばかり思っていた息子が、自分の知らないところで急におとなに近づいたのか。うれしいような、寂しいような複雑な気持ちで華代の胸は詰まった。

それでも、父親がダメで母親がいい、そう言われたのはうれしい。職歴二十年、数人の部下を抱えバリバリ働く夫よりも、たかがパート歴二年の工場勤務、そんな自分の仕事ぶりを聞きたいという息子は、やはりかわいい。

「お父さんがダメで、お母さんがいいっていうのはどういうわけ?」

お母さんのほうが好きだから。もしやそんな返答があるかと期待したが、順平はさらにしらけた顔をした。

「まったくもう、いちいちめんどくさいなぁ。さっきお母さんも言ってたけど、仕事の話といえばふつうはお父さん。それじゃあどう考えたってつまらないだろ。みんなと似たような内容になっちゃうし、平凡すぎるじゃないか。そうじゃなくて、個性的な内容でまとめようと思ったらお母さんのほうがいいに決まってるだろ」

なるほど、我が子ながら考え方が深いと感心した。おまけに、「個性的な内容」ならお母さん、その言葉に内心ほくそ笑んでしまう。

こうまで言われて、もうすっかりインタビューに応じる気になりながら、華代は急にじらしたくなった。そうすることで順平はもっと自分に関心を持ち、素直に感謝の気持ちを表すかもしれない。

「でもお母さんはパートだよ。それも工場で働いてるわけだし……」

「そんなことわかってるよ。だから、その下流ネタがおもしろいんじゃないか」

冷静な声が、たちまち淡い期待を打ち砕いた。

よりによって我が子に下流呼ばわりされるとは思ってもみなかった。確かに上流、セレブとは間違っても言えないがいくらなんでもひどい。

「下流とは聞き捨てならないわね。これでもお母さんは一生懸命働いているんだから」

口を尖らせて抗議したが、結果は飛んで火に入る夏の虫だ。

「ほら、話すネタあるじゃないか。下流の世界でどう一生懸命働いてるのかさ、そっちのほうが絶対ウケがいいんだよ」

そう言うと順平は早くもインタビューの必要事項が書かれたプリントを持ってきた。「どんな仕事?」、「働く時間は?」、「なぜこの仕事を選んだのか?」、「働いていて楽しいことは?」、「働いていて困ったことは?」、「一緒に働く人はどんな人?」、「仕事に必要な資格や技術は?」、「この仕事を目指す人に伝えたいことは?」

おそらくクラスの子どもたちが話し合い、インタビュー内容を詰めたのだろう。いかにも小学生が知りたい、また知ることが必要といった項目が並んでいる。おとなから話を聞き、この項目を埋めた上で、自分なりの感想や考え方を入れて文章にする、そう順平は説明した。

「ちょっと待ってよ」

華代はたまらず大きな声を上げた。

「困る、困るわよ。お母さんの仕事はそんな本格的なものじゃないし、そこまで話せることなんてないもの」

「何言ってんだよ。さっき、一生懸命働いているとかっていばってたの、どこの誰だよ」

すかさず痛いところを突かれた。どぎまぎする華代を尻目に順平はさっさとシャーペンを手にし、生意気な口調で言ってのける。

「別にこのプリント通りじゃなくてもいいよ。っていうか、最初からお母さんにそこまで期待してないから、全然」

おとなに近づいたというより、もはやこの子は私よりずっとおとなじゃないだろうか。

華代はまじまじと順平の顔を見て、ふと、今まで自分は息子の何を見ていたのだろうと思った。

「じゃあ最初の質問するよ。えーと、お母さんの仕事ってどんな仕事?」

「そうねぇ、一言で言うと工場パート」

「もっと詳しく言ってよ。それだけじゃ話がまとまらないだろ」

「ごめんごめん。えーと、何をどう説明すればいいかなぁ。つまりね、お母さんは今、コンビニのお弁当を作る工場で働いてるの。ラインの仕事って言うんだけど」

そこまで話して、華代の心にまたもふとよぎる思いがあった。自分が息子の何を見ていたのだろうという前に、そもそも自分は何を見せてきたのだろう。

息子に対してだけではない。夫にも親にも友達にも、自分がどんなふうに働き、そこで何を感じているのかをきちんと伝えることはなかった。

たかがパートという負い目。誰にでもできる単純作業。息子に言われるまでもなく、ズバリ下流。だとしても、どんな仕事で、何が楽しく苦しいか、一度くらいそれを語ってみるのは悪くないと思った。

ラインの仕事というのは、ベルトコンベアーの前に立って、運ばれてくる容器に担当の食材を盛り付けること。もちろんこれはお母さんの勤める弁当工場の場合であって、ほかにも機械の部品を組み立てたり、できあがった商品を目視といって目で検品したり、いろんなラインの仕事があるの。

特別むずかしい技術が必要とか、資格がなくてはできないとか、そういう種類の仕事じゃない。むしろ誰にでもできる単純な仕事だと思われてる。でも実際やってみると、誰にでもできるものじゃないし単純でもない、それがお母さんの実感ね。

朝九時が始業時間だけど、八時半には出勤して指定の制服に着替える。これは工場で貸してくれたもの。頭をすっぽり覆う帽子に長そでの上着と長ズボンの白衣を着たら、その上に使い捨てのマスク、エプロン、アームカバー、手袋、靴カバーをつける。ちなみに髪の毛は絶対に出てはダメ。まぁ完全武装という感じで、とにかく体中真っ白のもので隠して、外に出てるのは目だけよ。

滅菌のためのエアシャワーを浴びたら、始業の九時にラインにつく。曜日や担当によって変わるけど、ひとつのベルトコンベアーの前にだいたい五十人くらいが並んで立つことが多いかな。

自分の立つ横に大きなコンテナ箱があって、そこに担当する食材が入ってる。たとえばキャベツの千切りとかね。ベルトコンベアーで流れてくる容器にそれを盛り付ければいいんだけど、とにかくスピードが速くて慣れないうちはまったくついていけない。あれっていう間に容器は流れていっちゃって、自分の担当した食材が入れられないの。

もちろんそのままってわけにはいかないから、入らなかった食材があるとすぐにラインが止まっちゃう。そうすると、「おい、キャベツ担当何やってんだ!」ってすごい勢いで怒鳴られるのよ。

おまけに、ラインが止まるってことは作業が中断するから、そのぶん残業になるのね。だからまわりの人の目とか空気も冷たいわけ。もちろん口では何も言わないよ。なんたって私語厳禁といって、作業中は無駄なことは一切しゃべってはいけないから。だからまわりの人に怒鳴られることはないけど、すごく冷たい視線が突き刺さることはあるわね。

怒鳴られたくないから、必死でラインの流れについていこうとするんだけど、そうやって無理やりに盛り付けたものって形が崩れたり、見た目が悪くなっちゃうの。するとまた怒鳴られる。「おい、キャベツが汚いじゃないか。これで売れると思ってんのか、バカヤロウッ」って。

順平は驚いた顔で息をつめ、シャーペンを持ったまま固まっていた。

「ちゃんとプリントに書き込まなくていいの？」

「いや、うん……」

まさか母親が見知らぬ人に怒鳴られているなど思いもよらなかったのだろう。下流ながらも結構楽しく働いて、笑ってドジぶりを披露するはずと予想したのが、話の展開はまったく違っていた。

「こんな話でいいの？　ちゃんとまとめられる？」

「ああ、うん、いや、いいよ。もっとつづきを話して……」

今度は順平がどぎまぎしながら、それでもどこか好奇心をたたえた目をする。華代はひとつ息をつくと、再び仕事の話に戻った。

なんとかラインの流れについて、キャベツを容器に盛り付け終わったとする。けどね、コンテナ箱の中にまだ余ってたり、逆に途中で足りなくなったりすることもあるわけ。そうするとまた怒鳴られるのよ。「ちゃんと定量で盛り付けろ！」って。

まぁ、そりゃそうだよね。商品っていうのは、規定の分量が決まってるわけだから。

でも、たとえば十グラムのキャベツの千切りを三千個の弁当容器に定量通り入れるのって、すごくむずかしいと思わない?

慣れないうちは腕も腰も目も頭も、口では言えないほど疲れちゃう。おまけにいつ「何やってんだ!」って怒鳴られるかもしれないと思うと、緊張感で手足がぶるぶる震えちゃうからなおさらうまくいかないっていう悪循環。

それでもなんとか午前中の作業を終えて一時間の休憩。午後一時からまた作業が開始されて、一応終業時間は午後四時と決まっているけど、これはその通りにいかないの。なぜかというと、たとえばこの工場のこのラインでは五千個のお弁当を作らなくちゃダメっていう一日当たりの作業ノルマがあるから。でも四時の時点でそのノルマに達していなかったら、とにかく五千個になるまでずっと作業がつづくわけ。

さっきも言ったけど、ラインが止まればその分残業になるしね。要するに終業時間が来たから、はいさようなら、帰りますってことはできないのよ。

午後一時から、とにかくその日の作業ノルマが終わるまで絶対にラインを離れられない。工場の規定では途中十五分の休憩時間があるはずなんだけど、作業が遅れてるとそれもカット。たとえば夜の七時まで残業になったとして、その間六時間、トイレにも行けず、水も飲めず、ずっと立ち通しで働くのよ。

「そんなっ、ウソだろう!?」

順平は目をむいて絶句した。怒鳴られた上にトイレにも行けず、立ち通しで働く母親の姿が脳裏をよぎったのだろうか。かすかに涙ぐんでいるようにも見える。

「ウソじゃないのよ、これが。そういう意味ではまさに下流の労働現場だし、まるで人間扱いされてない、どうしてこんな働き方が許されているんだろう、そう思うこともいっぱいあるわね」

カラリと言ったつもりだが順平は顔を歪ませ、思いつめたように吐き出した。

「やめちゃえよ、そんな仕事……」

「どうして?」

「だってさ、そんな人間扱いされてないって思う仕事なんかしなくたっていいじゃん。お父さんだって働いてるし、お母さんがそんなに働くことないじゃん。ほかにも仕事なんかあるだろ。もっと楽で、楽しい仕事がいっぱいあるよ。よそのお母さんなんか、絶対そんな仕事しない……」

話した内容がよほどショックだったのか、最後のほうは声を震わせる。さっきはずいぶんおとなに感じたが、このあたりはやはりまだ子どもで、お母さんがかわいそう、そんな気持ちでいっぱいなのだろう。

「確かに、順平の考え方は正しいと思うし、職場環境はもっとよくならなくちゃいけないけど」

一気に突き落とすような真似をして悪かったな、と思いながら、華代は静かに笑ってみせた。

「つらいことがある反面、おもしろいことだってあるんだよ」

「おもしろいこと？　そんな人間扱いされないような仕事で？」

順平は信じられないといったふうに目を見開いた。

「うん、まぁ、その人間がおもしろいの。とにかくいろんな人がいる。若いフリーターの男の子から、七十歳近いおばさんまで。リストラされた元サラリーマンだっているし、そうそう、自分で会社を経営してたのに倒産しちゃった元社長のおじさんもいるわよ。なかには夜逃げの経験があるとか、かなりワケありのおばさんたちもいたりしてさ。あと外国人もいろんな国の人が働いてる。中国、フィリピン、タイ、ベトナム、インドネシア、ブラジルとかね」

「社長？　外国人？　それに夜逃げ？」

　順平は声を上ずらせ、目にはまた好奇心の光が戻った。

「モタモタやってて作業が遅れると冷たい視線が突き刺さることもあるけど、基本的にはみんな仲間意識を持ってるんじゃないかなぁ。ただ、いろんな人間模様が見えるというか、昼休みの休憩室は特におもしろいよ」

　さまざまな過去や事情を抱える雑多な人々が集う休憩室の様子を思い浮かべて、華代は目を細めた。

「昼休みに、みんな一緒になんかするの？」

「一緒どころか、かなりバラバラ。たとえば中国の人が卓上コンロを持ち込んで即席ラーメンを作り出したり、インドネシアの人はものすごい香辛料の匂いがするおかずを持ってきて食べてたり。フリーターの男の子は耳にイヤホンつけて音楽聴きながらイビキかいて爆睡してるし、そのすぐ横でおばさんたちは大声で職場の悪口三昧。そういえば元社長は、自分の経験を小説にするとかで、昼休みにせっせと原稿用紙になんか書いてるわね。で、その社長に向かって夜逃げ経験のあるおばさんが、あんたじゃどうせろくなもの書けやしないよ、なんてイヤミ言ったりしてさ」

あらためて思い起こすと一人ひとりの状況が妙におかしくて、華代はプッと吹き出した。さっきのショックからすっかり立ち直ったのか、順平もアハハハと素直な笑い声を上げる。

「けど、外国の人とどうやってしゃべるの？　いくらバラバラなことやってたって、注意することとかあるだろ。だいたい休憩室で卓上コンロなんか使っていいのかよ」

「そりゃいけないのかもしれないけど、異国で働いていくんだもん、それくらいたくましくないとやっていけないのかもね。言葉はさ、お互い身振り手振りとカタコトの日本語でなんとかコミュニケーション取ってる。またその様子がおかしくてね。インドネシアの人に、おかずの匂いが強烈だから弁当にフタをしろって手振りで伝えたはずが、なぜかおかずをくれって勘違いされて、にこにこ笑いながらおすそわけされちゃったり」

アハハハッ、と二人は同時に大きな声を立てて笑った。

プリントには文字が埋まっていない。だが順平の心には何かが埋まり、何かを感じ取った様子だ。そして華代にも、思いがけず自分の働く姿を語れた喜びがあった。

「じゃあ最後に、お母さんがこの仕事を目指す人に伝えたいことは？」

「目指さなくていいわよぉ、この仕事」

苦笑して言うと、順平は真面目な顔でピシリと返した。

「ダメだよ、ちゃんと答えてよ。ここが肝心なところだろ」

そう、その通りかもしれない。仕事でも子育てでも、自分の得た経験を次の世代にきちんと伝えていくこと、それが大切なことなのだろう。華代はふぅーっと息を吐いて、素直な気持ちを伝えてみることにした。

「この仕事に限らず、どんな仕事もそうだと思うけど、つらいことや苦しいことは絶対にあると思うの。そしてそれは人生も同じじゃないかな」

クサイよ、と茶化されるかと思ったが、順平は真剣な目でうなずく。

「つらい、苦しい、悲しい、そう思ってしまうのは仕方ないけど、それだけじゃ前に進めないと思うのね。そういう中でも、楽しいことやおもしろいことを見つけられるかどうか、そこを大切にしてほしいかな」

「そのおもしろいことっていうのが、お母さんの場合は人間？」

「うん、そうね。世の中にはいろんな人がいて、いろんな生き方があり、さまざまな人たちと関わることで得るものや勉強になることがある。それはお母さん自身、今の職場で働いてみてすごく実感してる」

そこまで言って、不意に思い出したことがあった。会社を倒産させた元社長のおじさんが、原稿用紙と向き合いながらぽつんとつぶやいた言葉だ。

「そういえば、さっき話した元社長のおじさんがこんなこと言ってた。働くって、はたをらくにすることだ、って」

「はたをらくにする?」

「そう、はたというのは自分のそばとか近くという意味なんだって。つまり、そばにいる人を楽にする、近くの人の生活を楽しくさせてあげようとがんばる。はたをらくにすることが、はたらく。そしてそれが自分にとっても幸せになり、働くことの喜びなんだ、そう言ってたよ」

「かっこいいこと言うね、そのおじさん」

順平は感心したようにうなずくと、「はたをらくにすること、はたらく」とはじめてプリントに文字を書き込んだ。大きく、筆圧の強い文字を、華代はどこかまぶしい思いで見つめる。

「お母さん……」

順平は小さくつぶやくと、すぐに口ごもった。

「何よ?　まだなんかある?」

「いや、うーん、えーとさぁ、オレはこれから下流って言葉はもう絶対使わないにしようかなぁ、なぁーんて。あと……」

しどろもどろで言ってまたも次の言葉を詰まらせると、バツの悪そうにへヘッと笑う。

お母さん、働いてくれてありがとう、これからも体に気をつけてがんばって。

もしやそんなふうに言ってくれるかと思ったのに、順平はどこか照れた顔をして一層ヘラヘラ笑うだけだ。

でも、と華代は思う。順平が口ごもったその先の言葉を聞かなくても、明日からまたワケありの、怪しくもおもしろい人たちと、なんとか働いていける気がする。

涙をふいて

百円ショップで買ったアルミ製の雪平鍋にはタマネギとジャガイモのみそ汁。炊き上がったご飯は醤油をまぶしたおかかを混ぜて、小さめのおにぎりにした。

今は少しでも節約。とにかくそれしかない。

自分を励ますように言い聞かせて、祥子は二人の息子を起こしにかかる。

「たっくん、ひろくん、七時だよ。さぁ起きて」

六畳の和室と四畳半のダイニングキッチン。一週間前に引っ越してきた家賃五万円のアパートは、隣接するマンションに窓を遮られ、初夏の朝だというのに陽が差さず薄暗い。

ひとつの布団で体を寄せ合うように眠っていた拓未と博人は半分目を閉じながらも、体だけはバネ仕掛けの人形のように素早く起き上がった。

以前はこんなふうに聞きわけがよくなかった。子ども心に、おそらく新しい暮らしに緊張しているのだろう。

まだ四歳と三歳、おとなの事情はわからないにせよ、自分たちの生活に大きな変化が起こり、しかもそれがただならぬことは感じているに違いない。

夫が家出して半年が過ぎた。まったくの音信不通というわけではなく、最初は週に一度ほど電話かメールがあった。ただしその内容はあまりに一方的で、安っぽい昼メロよりもっとタチが悪い。

「オレは自由になりたいんだ」

三十八歳にもなる男のセリフにしてはあまりに幼稚だ。妻と、幼い二人の息子を持つ人間として、どういう理由でそんな発想になるのか皆目わからない。

「自由って何？　いきなり家を飛び出して、いったい何を考えてるのよっ！」

どんなに冷静に話したいと思ったところで、事態が事態だけに感情の昂ぶりは抑えられない。つい声を荒げると、夫は待ってましたというふうに冷たい言葉を返してくる。

「ほら、おまえのそういうところがイヤなんだよ」

「そういうところってどこよ、何よ」

「かわいげがないいんだよ、オレをバカにしてんだよ」

「バカにするも何もないじゃない。そもそもバカなことしてるのはあなたでしょ。拓未と博人をどうするつもり？　とにかく家に帰ってきて、ちゃんと話をして」

悲鳴のような声を上げるとたちまち電話は切れる。すぐにかけ直しても、あとは留守電の対応メッセージが流れるばかりでまったく話にならない。

無味乾燥の音声が繰り返されるとわかっていても、祥子は狂ったようにリダイヤルボタンを押しつづける。手のひらに収まるほどの小さなスマホが、かろうじて夫との間をつなぐものなのかと思うと、怒りとも、焦りともつかない感情が込み上げて、冷たい汗が吹き出してくる。

なぜこんなことになったの？　私が何をしたっていうの？

いきなり迷路の中に放り出され、黒々とした厚い壁に四方を阻《はば》まれたようで、息をすることさえ苦しい。

夫の言う「自由」の陰に、女性の存在があることはわかっていた。世間ではそれほど珍しくない話かもしれないし、女友達にも夫の浮気に悩む人はいたが、突然家出をするほどの暴挙に走るとは思ってもみなかった。

「ここが我慢のしどころよ」

二年前に夫が会社の部下と不倫をし、別れる別れないの大騒動を繰り広げた末なんとか元のさやに収まった女友達は、経験者ならではの重々しさで言った。

「一時的に悪い熱にうかされたって、男はそう簡単に妻や子を捨てられるもんじゃないわよ。だからとにかく我慢、我慢」

念を押すように繰り返し我慢を説かれても、祥子の心は静まるはずもない。

「ここまで屈辱的なことされて、それでも耐えていかなくちゃならないっていうの？それじゃあ私の気持ちはどうなるのよ」

「気持ちより現実」

あっさりと、しかも厳しい口調で彼女は言った。

「そりゃ私だって祥子の気持ちはよくわかる。だけどね、女は、特に幼子を抱えた女なんて世間が言うほど強くない。むしろものすごく弱い立場だと私は思う。夫が別の女に走って、それが許せないから離婚するとしよう。もちろんそういう選択もあっていい。けどさ、もしそうするとして、祥子たちこれからどこに住むの？」

言われてはたと気づいた。住んでいた賃貸マンションは、夫が勤める会社の借り上げ社宅だ。夫と離婚すれば、当然ここにはいられなくなる。

「住むところだけじゃないよ。食べて着て、教育して、子どもたちを一人前にするまでにどれほどのお金が必要だと思う？　こう言っちゃ悪いけど、祥子ひとりの力でそれができるの？　どんな仕事をして、どこに住んで、先々の見込みはあるわけ？」

次々と繰り出される現実が、痛いほど胸に響いた。住むところさえおぼつかないというのに、何の仕事も持たない専業主婦の自分が拓未と博人を抱えて、この先どうやって暮らしていけるというのか。

「だから我慢よ」

今度は苦しげな表情で、絞り出すように言われた。

「祥子だって私だって、結局子どものために我慢するしかないの。どんなに向こうが悪くても、勝手な男でも、必死ですがりつかなきゃダメなの。自分ひとりの力で子どもを育てられない弱い女は、ヘドが出るほど苦しくてもそうするしかない」

その言葉で、表面的には元のさやに収まったかに見える女友達の深い苦悩を知った。子どもを一人前に育てる術を持たない母親は歯を食いしばって煮え湯を飲み、夫という名の経済力にすがるしかない。

「惨めだけどね……」

そうつけ加えた女友達の顔は、見たこともないほど苦しげに歪んだ。


結婚し、子を持つ女を「勝ち犬」と呼んだのは誰だったか。夫という主人から存分なエサをもらい、優しく頭をなでられる。緑の公園に連れ出され、高級美容院やホテルを利用させてもらえる。そんなふうに愛される犬なら、確かに勝ちなのだろう。ただし、与えられるものと引き換えに、勝ちを死守するために、主人たる夫に「仕える」、そんな使命が課せられる。おまけにどんなに死守したいと思い、自分なりに精一杯仕えても、主人がエサをくれなくなればたちまち飢えてしまう。これのどこが勝ち犬なんだ、と祥子は安易なマスコミ用語につばを吐きたい心境だった。

それでも、たとえ一方的にせよ夫から連絡が来ると、女友達の言葉を思い出し懸命にすがりついた。

お願いだから帰ってきて。あなたがいなくては生きていけない。子どもたちも待ってます。今までのことはすべて水に流し、もう一度夫婦一緒にやっていきましょう。

自分の言葉だけでは暴挙が翻りそうにないと思い、とうとう拓未と博人を電話口に出したのは、夫の家出から三ヵ月が経ったときだ。

「お父さん？　まだ遠くでお仕事してるの？」

子どもたちには、お父さんは大切な仕事で遠くにいる、でもお仕事が終わればすぐに帰ってくるからね、と伝えてあった。その言葉を信じて、拓未と博人は無邪気な声を上げる。

「えっ？　ほんとに戦闘ヒーロー買ってくれるの？　やったぁー」

「お父さん、怪獣のおみやげもちょうだいね。絶対ちょうだいね」

やはり何がなんでも夫に戻ってもらわなくては。興奮して目を輝かせる子どもたちの姿に祥子は決意をあらたにし、電話を代わると努めて冷静に訴えた。

「私にもいろいろ至らないところがあったし、あなたがこんなことをしたのにもきっとよほどの理由があると思うよ。だけど、拓未と博人だってお父さんのことが大好きなんだし、なんとかもう一度やり直したいの。お願いだからよく考えてみて」

「子どもをダシに使ってオレを追い詰めようって魂胆か。さすがにしたたかな女はやることが違うよな」

夫婦の再生のため、子どもたちの将来のため、そう誠意を込めて伝えたつもりだが、返ってきたのは想像を超えた言葉だった。愛情どころか同情のかけらもなく、人間性を丸ごと疑ってしまうほどの残酷さに祥子は絶句した。

「とにかくオレはもう戻る気はないから。あとは裁判でもなんでも勝手に起こせばいい。ああそうだ、子どもはくれてやるから」

じゃ、と電話が切れた瞬間、祥子は悟った。

女友達から教えられた我慢という現実のほかに、また別の、厳しい現実がある。惨めな心を押し隠し、表面的に夫婦として取り繕っていくこともつらいだろうが、そもそも取り繕うことさえ拒絶される現実もあったのだ。

もしも世の中の人にこの現実を訴えたら、おそらく百人に百人が夫の暴挙に怒るだろう。理不尽な仕打ちを責め、不実な言い分にあきれ果てるに違いない。

だが、だからといって自分の人生は、もう元には戻らないだろう。誰よりも怒り、嘆き、泣き叫んだところで、自分は主人から捨てられた犬なのだ。

祥子はぼんやりと部屋を見渡した。おもちゃ箱からあふれた子どもたちのキャラクター人形や電車の模型。家族で出かけた遊園地で撮った写真。夫婦二人で深夜に観たＤＶＤ。夫が使っていたマグカップ、茶碗、シェービングクリーム、歯ブラシ、枕。

何から片付けて、これからどこへ進めばいいのだろうと思いながら、ただぼんやりと抜け殻のように立っていた。

借り上げ社宅を出たあと、独身時代の貯金をはたいてこのアパートを借りた。夫との話し合いに具体的な進展はないままだったから、居座ろうと思えばそうできたかもしれないが、夫婦の暮らし、家族の思い出のなまなましさに耐えられなかった。

「もっと牛乳飲みたいー」

おかかのおにぎりを頬張りながら拓未が言う。

「ごめんね、たっくん。昨日は買い物に行けなかったから牛乳はそれでおしまい。代わりに麦茶飲もう」

「やだー、絶対牛乳がいい。牛乳、牛乳」

かわいそうなほど聞きわけがいいかと思うと、一転して強情になる。あまりに突然の暮らしの変化にその心が波のように揺れているのはわかっても、祥子のほうにも余裕はなかった。

「お母さんの言うこと聞けないならもういい！　なんにも飲まないでいなさい」

うわぁー、やだぁー、牛乳ー、とひときわ大きな声を上げる拓未の横で、今度は博人がめそめそしはじめる。

「ほら、ひろくんまで何やってるの。早くおにぎりを食べちゃいなさい」

「パン食べたい。アンパンマンのチョコパンがいいよ、お母さん……」

好物だったキャラクターのパンをほしがって鼻をすすり上げる博人に、祥子は一層追い詰められた。

世の中には、思うに任せない現実がいくつもある。必死に努力しても報われない人や、何の落ち度もないのに責められる人。戦争、災害、貧困、病気、過酷な運命に翻弄される人々はいくらでもいるだろう。

理屈ではわかっても、けれど感情はついていかないのだ。なぜ私が、どうして自分が、怒りとも憎しみとも絶望ともつかない感情が入り乱れて爆発する。

「ウオー！」

叫ぶと同時に座卓に手をかけ思いきり持ち上げた。畳にみそ汁がこぼれ落ち、おにぎりが転がっていく。重量挙げの選手のように両手をまっすぐ伸ばして座卓を支え、祥子は渾身《こんしん》の力を込めてふんばった。

仁王立ちした視線の中に、拓未と博人の顔は見えない。おそらく顔をひきつらせ、こわばった目でおびえていることだろう。

もしやこんな恐ろしい母親の姿が一生の心の傷になるかもしれないと一瞬頭をかすめたが、激しく乱れた感情は静まらず、祥子は座卓を持ち上げつづけ荒い息を吐いていた。

パチパチ。

腰のあたりから音が聞こえる。耳を疑いながら視線を落とすと、拓未が小さな手を動かし叩いている。それはどう見ても、拍手の動きだ。

パチパチパチパチ。

小さいながらもはっきりと拍手はつづき、そこに感心したような声が重なった。

「お母さん、すごい」

いっそう信じられない思いで、祥子は顔だけを下に向け子どもたちを見下ろす。拓未はまじまじと母親を見て、次に博人のほうを向いた。

「すごいよ、お母さん。戦闘ヒーローみたいに力持ちだ、なっ」

「うん、すごい、力持ち。ヒーローだ、ヒーローだ、かっこいい！」

拓未の言葉を受けてうなずいた博人は、無邪気な笑顔を浮かべている。

渾身の力を振り絞り戦闘ヒーローのように座卓を持ちつづけるべきか、それとも力を抜いて座卓を下ろし子どもたちを抱きしめるべきか。

そのどちらもできそうな自分に気づいて、祥子は胸がいっぱいになった。

翌日、拓未と博人を連れ、ハローワークで紹介された就職面接に出かけた。紹介されたのはチェーン展開する大衆割烹料理店で、職種は「お運びさん」と呼ばれる配膳係だ。従業員用の託児室が完備されているというこの料理店で、祥子はなんとしても働きたかった。

面接の間、拓未と博人はその託児室で預かってくれるという。おやつ代わりに棒つきキャンディをもらい、保育士に手を引かれていく子どもを見送ったあと、祥子は真剣な面持ちで事務室に入った。

「履歴書は特に問題ないけど……。こういう仕事は未経験なのね」

面接を担当したのは配膳係を統括する主任で、五十代後半くらいの女性だ。紺地の着物に赤い前掛けを掛け、同じ色のたすきをきりりと結んでいる。

「立ち入ったこと伺うけど、ご主人は?」

「今は別居中ですが、この先、正式に離婚になると思います」

もしや聞かれるかもしれないと、あらかじめ答えは考えてあった。

「そう。うちのお運びさんはみんな離婚か死別」

履歴書と祥子の顔を交互に見ながら、主任は淡々とつぶやく。いかにも弱い立場の女を救い、今の自分のつらさを理解してくれそうなこの女性に、祥子は大きなチャンスとばかり口を開いた。

「主人は突然家を出てしまって、その……。こんなこと言うべきじゃないかもしれませんけど、別の女性がいて。それだけじゃなく、今はお金もまったく入れてくれないんです。私はこれから二人の子どもを抱えて生活していかなくちゃならないし……」

「へぇ、だから？」

返ってきたのは、冷たささえ感じさせる短い言葉だった。大変ねとか、かわいそうにとか、おそらくそう言ってもらえると予想していたのに、あまりの展開に次の言葉が出てこない。主任のほうは冷めた目をして口を閉じ、そのまま沈黙が流れた。

「自分のこと、悲劇のヒロインみたいに思ってる人は、うちの店じゃ採用しないことにしてるの」

ピシリとした口調で、沈黙を破ったのは主任のほうだった。

「ダンナに逃げられた、捨てられた、死なれた。さっきも言ったけど、ここで働く人はいろんな事情を抱えてる。だから何？　って話よ。そりゃあかわいそうに、子ども抱えて困ってるでしょう、そう言ってほしいわけ？　申し訳ないけど、うちはお悩み相談のボランティアじゃなくて職場だから」

職場だから、のところに力を込めると、正面から祥子の顔を見る。どう返答したものか迷っていると、主任はますます厳しい顔で言葉をつづけた。

「別にあなただけの話じゃない。うちに就職したい人はたいてい自分の悲劇を訴えて、なんとか助けてくださいみたいなことを言うのよ。でもね、職場っていうのは一生懸命働いてくれる人、きちんと役に立つ人、もっと言えばちゃんと能力のある人を要求してるの。要するにこの職場にとってプラスになる人がほしいわけで、マイナス点をアピールされても困るの」

なるほど、と祥子は感心してうなずいた。言われてみればそのとおりだ。私はこんなに弱い女です、とすがりつくのではなく、自分はこんなふうに役に立つ強い女です、そちらを認めてもらわなくてはならなかった。

暴挙に走り、不実な態度ばかりの夫を幼稚で身勝手な男だと恨んでいた。けれど、ある意味自分だって幼稚で勝手、自分のことしか見えていない。

「すみません、おっしゃるとおりです。私、とんだ勘違いをしてました」

声を落として頭を下げる。穴があったら入りたい心境だ。

「本気で働きたいなら、それなりの心構えを持ってほしかったけどね。まぁ、ふつうに家庭の奥さんしていたような人はみんなそんなものよ」

主任は厳しい顔を崩さず、突き放すように言った。

「それで、と。気持ちを切り替えてもらって面接やり直しね」

もはやこの料理店への就職は絶望的だろうと思ったが、主任は祥子の甘えを意にも介さないふうに冷静な態度を見せた。

「あなた、うちの店でどんなふうに役に立てるかしら。自分の売り、セールスポイントがあったら教えてちょうだい」

そう言われて、祥子はまた返答に困った。配膳係どころか、飲食店に勤めた経験もない。おまけに幼い子どもが二人もいては、役に立つより迷惑をかけるほうが多いかもしれない。さっき痛いところを突かれたまでもなく、自分の力で働き暮らしていくことへの心構えもまるでできていない。

何をどう言えばプラスのアピールになるのか、そう焦りに駆られながら、ハッとひらめくものがあった。

「あります、あります。お役に立てることがあります」

「まぁ、何？」

声を上ずらせ興奮して訴える祥子に、主任は苦笑する。

「私、力持ちなんです」

「えっ力持ち？　あらまぁ、それはそれは……」

あきれたのか、困ったのか、苦笑はさらに大きくなって、ついにアハハハと笑い声が上がった。

体をよじりながら笑う主任を前に、祥子はどうしていいのかわからない。咄嗟にひらめいたとはいえ「力持ち」とは、いくらなんでも破れかぶれの答えだっただろうか、と今さらながら後悔を覚えた。

せめて明るい性格で接客に向いてますとか、配膳だけでなく調理や清掃のお手伝いもバッチリやりますとか、そういうアピールをするべきだった。

せっかくセカンドチャンスをもらったのに。祥子は失態に顔を赤くして、自分の浅はかさを噛みしめながらうつむいた。

「いいわね」

張りのある声が聞こえた。意味がわからず顔を上げると、主任は自分の二の腕をパンパンと叩き、ひじを曲げて力こぶを作る仕草をしてみせる。

「力持ちなんでしょ。この仕事はそれが大事なのよ。宴会じゃ重いお膳をいくつも重ねて運ぶし、その上ビール一ダースだ、ジュース二十本だなんて調子。テーブルセッティングだって、後片付けだって、とにかくあらゆる場面で力持ちが大活躍よ」

口調も仕草もなんともたくましく、まさに力を込めて言う。祥子のほうもここぞと熱意を込めたまなざしできっぱり返した。

「任せてください。重いものを持つのは大得意です。座卓だって持ち上げられます」

お母さん、すごい。

ヒーローだ、ヒーローだ、かっこいい。

なにものにも勝る応援歌のように、拓未と博人のはしゃいだ声が耳の奥で響いた。

面接を終え、事務室から託児室へと向かう途中のトイレで祥子は泣いていた。

今日までパンパンに張り詰めていたものが崩れ、必死にしがみついていたロープから手が離れ、もはや自分で自分がコントロールできない気分だ。

いっそ涙が枯れるまで泣いてしまおう。母親を待つ子どもたちに会う前に思う存分吐き出してしまおうと、便座に腰掛け、トイレットペーパーで鼻をかみながら泣きつづける。

今日の結果がどう出るのかはわからない。無事に採用されるのか、仮に採用されたところで働きつづけることができるのか。

夫との離婚はいつ、どんな形で決着が着くのだろう。夫という後ろ盾を失って、それでも自分の力で子どもたちを一人前に育てられるのだろうか。

不安がないと言えば嘘になる。でもなぜか、もう怖いものはないような、確かな勇気と新たな覚悟がわいてくる。

面接の最後、祥子の肩をポンと叩き、主任はつぶやいた。

金持ちにはなれないだろうけど。

力持ちで、子持ち。

だからきっと強く生きていけるわよ。

涙をふいて、祥子は今立ち上がる。

拓未と博人と手をつなぎ、戦闘ヒーローの歌を歌いながら帰ろう。

今夜はタマネギとジャガイモに豚肉も奮発して、とびきりおいしいカレーを作って食べよう。

答え

明かりを落とした店内で、紗江子は届いたばかりの女性誌をそっと開いた。目にも鮮やかなカラーグラビア、最新のファッションやしゃれた生活雑貨を紹介したページが終わると、モノクロの実用記事がつづく。健康情報、占い、それに最新の美容整形現場や海外ロングステイ生活を追ったルポルタージュ。

生活に余裕のあるキャリアウーマンか、そうでなければ社会的地位の高い夫を持つ恵まれた奥さん。要するにプチセレブなミドルエイジ女性を読者ターゲットにしているだけあって、めくるページの質感も上等だ。

なかほどに差し掛かると、再びカラーページがはじまる。グラビアほど華やかではないにせよプロカメラマン撮影の凝った写真が並び、四十代から五十代、さまざまな女たちの笑顔がはじけている。

「特集・輝く女たち」

その最初のページに五十歳の自分が登場していることに、紗江子は複雑な思いだ。すでに二週間前、ゲラという見本刷りの原稿を確認していたから、記事のタイトルや内容はわかっている。自分の話をまとめた女性ライターから原稿のチェックを頼まれ、訂正個所も指摘済みで、今さら何を直せるものでもない。

それでも、と紗江子は思う。

「憧れのレストラン経営で大輪の花を咲かせました」、いくらなんでもこのタイトルは大仰すぎる。

確かにレストランは経営している。ただしこじんまりした店で、レストランというより洋食屋といったほうが近い。カウンター五席、テーブル十二席で、調理場を合わせた店舗面積は十坪。十二年前、自宅から歩いて十分ほどの駅前繁華街の一角に開店した。

三十八歳の再スタートが「憧れ」のレストラン経営だったことは幸せだったし、おそらく相当恵まれてもいただろう。八歳と六歳の子どもを持つ主婦、そんな自分が経営者になれたことは運がよかったたし、周囲からは繰り返し羨まれた。

すごいよねぇ。かっこいい。私もやってみたいなぁ。

近所の仲良し主婦だけでなく、店にくる若い女性客からもそう言われた。どういうわけだかたいていの女は、「店」という響きに弱いらしい。何もレストランに限ったことでなく、花、ケーキ、洋服、アジアン雑貨、アロマテラピー、ポップアート、下着、化粧品、自然食品、リサイクル、とにかくいろんな店を持ちたがる。

結婚し子どももいる主婦は一層その夢がふくらむらしい。子育てに一息ついたころ、それまでの趣味や習い事を生かして店を持つという夢物語を、今まで何人の主婦から聞かされただろうか。

そういえばこの雑誌の「輝く女たち」という企画は、そもそも「夢を持つ主婦」に向けて、実現のためのヒントと勇気を与えるという趣旨だった。

「ですから紗江子さんのように、平凡な主婦だった方が成功者に、そんなドラマチックな展開は、読者にとってもウケると思うんです」

取材を申し込むため電話をしてきた女性ライターは、なめらかな口調で言った。

「成功だなんて……。私なんかただ毎日忙しく働いてるだけで、ちっともドラマチックじゃないですよ」

「まぁ、ご謙遜を」

職業柄なのか、ライターは軽くいなすように言う。

「私よりもっとステキな女性がたくさんいらっしゃるし、そちらを当たっていただければと思うんですが……」

「そんなことおっしゃらず、ぜひ仕事に子育てにと充実した人生の一端をお聞かせください。第一、お店の宣伝になるじゃないですか」

店の宣伝になる。さすがにうまく誘導するものだ、と紗江子は内心で苦笑した。そうやってなかば押し切られるような形で受けたインタビュー取材が、華やかな笑顔とともに今この女性誌に載っている。

でも現実は……。紗江子はページを開いたまま、重いため息をついた。輝きの裏、光の一方には影がある。取り戻すことのできない後悔と、子どもたちとのかけがえのない時間を失ってきた痛みがあった。

あれは確か友花が六年生、晃が四年生だったときだ。

「お母さん、今日もお仕事?」

熱でうるむ目を向けて、晃は心細げに尋ねる。

「うん、ごめんね。今日は予約のお客さんがいるからどうしてもお店を休めないの。ランチの時間が終わったら病院に連れていくから、それまでひとりで寝てられる?」

「やだ、ひとりはもうやだよ。なんでお母さんはいっつも仕事、仕事って言うの」

晃はかすれた声を震わせてベッドの上で背を向けた。

「しょうがないじゃん、晃。うちのお母さんはふつうのお母さんとは違って大事な仕事があるんだし。代わりにお姉ちゃんが学校休んでついいててやろうか」

友花が見かねたように近寄り、いかにも姉らしく晃を諭して肩に手をまわす。

「お姉ちゃんじゃやだよ。お母さんがいい」

「わかってないね、晃は。お母さんは勝手にお店を休めないの。子どもが病気だからなんて理由でお店を休んでたら、もうお客さんが来なくなっちゃうんだってよ」

友花の口調はどこか非難を含んだようにきつい。しっかり者の長女というだけでなく、お店を開店してから今日まで、何かにつけ仕事を優先してきた母親への不満と不信があるのだろう。

「そんなこと言わず、友花は心配しないでちゃんと学校行きなさい。晃のことはお母さんが手の空いたときに様子見にくるし。晃はさ、もしかしてこれ以上具合が悪くなったらすぐお店に電話して」

「ほぉーらね」

ますます非難めいて、友花は投げやりに言った。

「結局お母さんはお店なんだよ、晃。あたしたちが病気になっても、寂しくても、どうなろうと、自分の仕事、仕事なんだよ」

少しずつ、でも確実に頑なになっていく子どもの心をどうしたらいいのか。なんとか救いたい、できることならなんでもしてやりたいと思いながら、現実にはできない。

レストランをはじめたときは、こんな事態になることを予想もしていなかった。仕事を持つ、経営するという責任感をまるで持っていなかったわけではないが、どこか主婦の片手間のような心構えだった。夫はサラリーマンで毎月の収入は確保されていたし、その上での「店」だから、まぁ趣味の延長だと言ってもよかったただろう。

だが開店からわずか一年後、夫は心の病に倒れた。会社を辞め、入退院を繰り返すという先の見通しのつかない長い療養生活に入った。思いがけず紗江子は一家の大黒柱になり、同時に自分の仕事は趣味の延長から生きていくための糧になったのだ。

経営していく、利益を上げていくという厳しさが真にわかったのはそのときからだ。だからといってその厳しさを幼い子どもたちに説明するのもむずかしい。

お父さんが病気で、代わりにお母さんが働かなくてはならないとは理解できても、なぜふつうのお母さんのように、運動会に、授業参観に、バザーに、合唱コンクールに全然来てくれないの、そんな不満は消しようがないだろう。

まして、病気のときも、ケガをしても、「お店、お店」と言う母親への寂しさは、頭では受け入れられても心では無理だ。

心細さに耐えながら家で留守番をしている自分たち、病で苦しむお父さんを尻目に、お母さんは店で笑顔を振りまき、常連客の男と楽しそうに話している。

家族の食事の用意は遅れても、店の客には手の込んだ、目にも鮮やかな料理を提供する。

学校の宿題は見てくれなくても、店の帳簿は徹夜して計算機を叩いている。

つきあいだとか、接待だとかと言って、ときには酔って足元をふらつかせながら深夜に帰ってくる。

そんな光景を目にしつづけて子どもたちの心は一層頑なになり、母親との間に大きな壁を作っていた。

「じゃあお母さんはもう行くけど。とにかく病院はあとで必ず連れていくからね」

苦しさをこらえて話しかけたが、晃は頭からふとんをかぶったまま返事をしない。

「結局さ、お母さんって子どもよりカネなんだもんね」

友花の言葉が、ナイフのように心に刺さった。


数えきれないほど、そんな痛みが残っている。今、二十歳と十八歳になった子どもたちはすでに親離れの時期だ。「ふつうのお母さん」に育てられなかった分、人並み以上に自立心があり、またおとなの発想を持っている。

だからこそ、と紗江子は思う。ふつうのお母さんに育てられたふつうの子どものように、甘ったれで、かわいくて、のんきで、マザコンで、そういう人生を与えてやれなかったことがよかったのか悪かったのか。

少なくとも、子どもとしてあたりまえに得られるだろうあたたかくやすらぎのある時間を与えられなかったことは事実だ。

定休日もなく店を開けてきたから、一緒に買い物へ行ったり、ケーキを焼いたり、映画を観に行くことさえできなかった。

学校から帰ってきた子どもたちを「お帰り」と迎え、「今日は学校どうだった?」と聞いてやる余裕もなく、成績のこと、友達との悩み、進路への迷い、どれも中途半端にしか関わってやれなかった。

失った時間を取り戻し、やり直すことはもう二度とできない。そう思えば思うほど、拭いようのない後悔とつらい痛みが押し寄せる。

だが、女性誌の中で華やかに笑う自分は、そんな苦悩など微塵も感じさせない「レストラン経営者」の顔をしていた。

〈お店をやって一番幸せだなと思うことは、やっぱりたくさんの人との出会いがあったことですね。それに、私の作ったお料理を喜んで召し上がってくださる方がいるって、うれしいじゃないですか。レシピはもちろんのこと、素材や盛り付け、食器やインテリア、テーブルコーディネートにこだわっていろいろ工夫するのも、とっても楽しかったです。

主人も応援してくれました。でもそれ以上に応援してくれたのは、子どもたちですね。お店をはじめたときはまだ八歳と六歳でしたけど、仕事が終わって疲れて帰ってくると、「お母さんお疲れ様」って肩を揉んでくれたりしたんですよ。

女性って、男性よりもフレキシブルな人生設計ができると思うんです。結婚して、子どもを持って、それからでも自分の夢を実現するチャンスはいっぱいありますよ。お料理でも、ガーデニングでも、パッチワークでも、何か得意なものを活かしてビジネスにしていく。そんな豊かな人生があるし、ぜひたくさんの方にチャレンジしてもらえたらなぁって〉

記事の言葉は嘘ではない。店の経営者としての誇りを持っているし、たくさんのお客様との出会いはまぎれもなく人生の大きな財産だ。

夫や子どもたちがいてくれたからがんばれた、そんな実感だってもちろんある。結婚し、子育てをしながらあらたな道へとチャレンジできることも、たくさんの女性に伝えていきたい。

だが、女性ライターにはもっとたくさんのことを語ったし、本当は誌面には載っていないことのほうが自分の伝えたかった話なのだ。

「主婦からお店をはじめられて、何か苦労とか困ったことってありますか」

そうライターから尋ねられたとき、紗江子は一瞬口ごもった。子どもとの葛藤、私生活での苦悩を語れば、それこそ読者の、「夢を持つ主婦」たちの夢を砕くことになるだろう。だから核心のところは抜きにしても、経営していく、その厳しさは伝えたほうがいいと判断した。

「そうですね。お店をやりたいと願ってらっしゃる主婦の方は多いと思いますが、趣味ではなく経営となると相応の覚悟が必要だと思います。私は最初、そこがよくわかっていなかったので、正直苦労しました」

「具体的にはどのような?」

「たとえばうちのお店は賃貸ですから、毎月家賃を払わなくちゃなりません。あくまでも一般的な話ですが、飲食店の場合、売り上げの三日分が家賃額に相当しないとやっていけないと言われてます」

「まぁ、そうなんですか。それは厳しいですねぇ」

興味をかきたてられたのか、ライターは身を乗り出してきた。

「お店をはじめるときは保証金も必要だし、食器や内装費もかかりますよね。もちろん毎月の人件費、仕入、光熱費、事務費、お店に飾る生花代、いろんな経費があるんです。だからそうした必要経費、回転資金をきちんと計算して、一日当たりいくら売り上げなくちゃやっていけないということを肝に銘じて働かないとダメなんです」

「なるほど。紗江子さんはさすがに成功されただけあって、しっかりなさってますね。ほかにはどんなことがありますか」

お世辞なのか本心なのか、ライターは深くうなずきながら言う。

「食材を仕入れると言っても、決して簡単じゃありません。冷凍物もあればチルドもあり、添加物素材もあれば無添加のものもある。業者によっては、安くするからといって悪い食材を卸してくるところもありますし。仮に安くていい材料が手に入ったとしても、それを使ったお料理をお客様が喜んでくださるかはまた別ですから」

「すると、単にお料理が得意で、だからその腕を生かしてレストランをやりたいというだけではとてもむずかしいと?」

「当然だと思います。むしろ主婦の方にはそこを誤解してほしくないんですね。料理がおいしいのはあたりまえ。でも近隣のお店と比べて高くては来ていただけないし、じゃあいったいいくらに価格設定して、その価格で利益が出て、経費が払えて、しかもお客様にきちんと満足していただけるかどうか。単にお店を開いているだけではお客様は入ってこないから、どうしたらたくさんの方に来ていただいて、長く通ってもらえるようにするか。競合店も次々できるわけですから、どうほかの店と差別化を図り、生き残っていくか。自分の体調が悪かろうが、何か悩み事があろうが、常に同じレベルのお食事とサービスを提供できるか。経営していく、プロとして仕事をしていくって、そういうものですよ」

はぁー、と感心したように息を吐いたはずなのに、まとめられたインタビュー原稿にはその肝心な部分はほとんど載っていなかった。

夢を売る雑誌に、夢どころか現実の厳しさをこれでもかというくらい載せるわけにはいかないのだろう。最初に言われた「店の宣伝」を考えてみても、家賃だ、経費だ、競争だという話より、仕事に子育てにと充実した五十歳の女の人生、そちらがメインになって仕方ない。

輝く女、か……。

紗江子は再び重いため息をつきながらページをめくった。次の瞬間、柔らかく品のいい笑顔を浮かべた女性の顔写真に釘づけになった。それは友花が幼稚園に通っていたころ仲良くしていたかつての主婦友達、真由美の笑顔だった。

「本当に久しぶりね。それにしてもお互い同じ雑誌に載るなんてすごい偶然よね」

編集部を通して連絡を取ると、真由美は一週間ほどして店にやってきた。みずからアレンジしたというカサブランカの花束を手に、上質なカシミアのセーターを着たその姿は、いかにも幸せそうな奥さんだ。子どもが幼稚園を出たあと夫の転勤で引っ越しをしたため、紗江子のその後は何も知らなかったという。

「それにしても、こんなお店のオーナーになってたなんて。きっと大変なこともたくさんあったでしょうねぇ。本当に紗江子さんは立派だわ」

客が引けた店内でひとしきり子どもたちの近況を報告しあったあと、真由美はしみじみした調子で言った。

「私の力じゃないわよ。お客様や周囲の人に助けられて、なんとかヨロヨロやってこれただけ。それより真由美さんこそすごいじゃない。いろんな展覧会に出したり、個展も開いてるんでしょう?」

あの女性誌によると、真由美は主婦業の傍ら趣味で陶芸をやり、相応の評価を得ているらしい。彼女の記事には「妻として母としての喜び、プラスアルファの私の夢時間」というなんとも幸せいっぱいのタイトルがついていた。

「陶芸はね、あくまでも趣味だもの。いくらやっても儲かるわけじゃないし、持ち出しのほうがずっと多いくらいよ」

「いいじゃない、そんなすてきな趣味があって。おまけに立派なご主人と子どもがいて、女としてこんなに幸せなことってないわよ」

紗江子は素直な気持ちでそう言ったが、真由美はかすかに顔を曇らせて首を振った。

「ダメよ、私なんて」

「えっ?」

「こんなこと言うのもなんだけど、正直後悔してるの。私、いったい何やってきたんだろう、子どもにとってこんな母親でよかったのかなって」

思いがけない真由美の言葉に紗江子は息を呑んだ。二人の女の子育て、子どもへの接し方はまるで違ったはずなのに、写し鏡のように自分の心境と同じことを言うとは信じられない。

「やぁねぇ、何を言ってるのよ。ぬくもりいっぱいの家庭で、優しいお母さんに育てられて、子どもは本当に幸せじゃない。あなただって、子育てに全力投球してくれたんだもの。楽しい思い出が山ほどあるでしょ？」

「そう、楽しかったわ。でも子どもにとってはどうかしら。母親業に全力投球、子どもがすべて。そんな母親って重たくて、めんどくさい存在なんじゃないかって思うのよ」

女性誌の中で見せた満ち足りた笑顔が嘘のように、真由美は一層顔を曇らせ肩を落とす。それからぽつりぽつりと真由美がもらしたのは、かつて子どもから浴びせられた強烈な言葉と自分の後悔だ。

真由美の子どもは友花と同じ年の女の子だが、「私はお母さんみたいな腐った人生は送りたくない」と言ったという。

結婚し、子どもを持って、主婦業と子育ての毎日を過ごしながらちょっとした趣味を楽しむ。話題といえば、子どものことや近所の噂話やテレビドラマの話。やれグルメだ、エステだ、ダイエットだ、そんなバカ話で日々を過ごすような女にはなりたくない、そう娘は吐き捨てたという。

「そのとき娘は十四歳で反抗期の真っ盛りだったの。だから勢い余ってという部分もあったと思うけど、それにしても痛いところを突かれたわ」

真由美は小さく苦笑して、どこか寂しげな目をする。

「そういう時期って心にもないことを口にするものよ。本心ではお母さんに感謝してるし尊敬もしているけど、つい反対のことを言っちゃうものじゃない？」

「そうかもね。でも問題は娘の言ったことがどうこうというんじゃなくて、私自身の心なのよ。私が自分でそう感じていたの。まぁ腐ってるとか、バカ話というのはいくらなんでも傷つくけど、客観的に見れば自分の人生には、子育て以外何があるんだろうって。私、本当は仕事を持ちたかったの。やりがいのある、必死に取り組める仕事をして、そんな姿を娘に見せたかった。子どもは親の背を見て育つと言うけど、私は母親として、子どもにどんな背中を見せてきたのかしら。人生を切り拓く力とか、何かに挑戦していく勇気とか、人として大切なことが私の背中からどれくらい見える？」

輝く女。そんなキャッチフレーズのもとに再会したはずの二人の母親は、ともに人知れず陰を抱えている。自分の人生が、生きざまが、子育てがこれでよかったのか、その答えを探しあぐねて、言葉もなくただ向き合っていた。

「あのさ、ちょっと真面目に聞きたいことがあるんだけど」

「何よ、あたしたちに聞きたいだなんて、それってフツーじゃないから怖いよねぇ」

「ほんと、お母さんがまじめだとか言うとヤな予感がするなぁ」

真由美と会った翌日、紗江子は閉店後の店に友花と晃を呼んだ。子どもたちは勝手知ったる様子で調理場の冷蔵庫を開け、二十歳になった友花はビール、十八歳の晃はコーラを出して飲んでいる。グラスを持つ手つきも、口に運ぶ仕草も、もうすっかりおとなのように堂々とたくましい。

そんな二人をまぶしく、どこか寂しい気持ちで見つめながら、紗江子はおもむろに口を開いた。

「お母さんはずっと仕事してきたじゃない。このお店をやっていくために、あんたたちの面倒をろくに見られなかったよね。そのこと、どう思ってるか正直に教えてくれない？」

「はぁ？」

「何それ？」

二人はそろって声を裏返し、不思議そうに顔を見合わせた。

「つまりね、今までずっと寂しい思いをさせて、つらいこともたくさん味わわせて、そういうことに対してどう感じてきたか。お母さんへの不満でも愚痴でも、なんでもいいから聞かせてほしいの」

「ああ、そういう話。だったらいっぱいあるね、恨みつらみが」

友花は冷えた声で言い、グラスに入ったビールを一気に飲み干した。

「正直に言っていいなら、オレもそうかな。そりゃお父さんがああいう状態で、お母さんが働かなくちゃ生活できないっていう事情はわかってたけど、それにしたって会社に勤めるとか、店をやるにしてもたまには休んで家族でどっか行くとか、そういう働き方はできないのかよ、と思ってきたね」

晃の言葉を受けて友花は大きくうなずくと、またもきっぱり言った。

「うん、晃の言う通り。やっぱりお母さんの働き方は子どもにとっては理解しがたかったね。確かにお母さんが死に物狂いで働いて、だからお店も軌道に乗って、今じゃ順調に経営できていて。それはそれでラッキーなことだと思うけど、だからってあたしたちは、バンザーイ、ってわけにはいかないよ」

「だな。ドラマかなんかだったら、お母さんオレたち感謝してるよ、お母さんの仕事を応援してたよとかって、涙、涙で抱き合うような展開になるんだろうけどさ。現実にほったらかされてきた子どもの気持ちは、そう単純なものでもないんじゃない?」

予想していたとはいえ、紗江子の心は激しい痛みで押しつぶされそうだった。失った時間、取り戻せない子どもとの思い出。今、自分の子育ては断罪され、しかもその罪を宣告しているのはほかでもない我が子なのだ。

「そうね、あんたたちには恨みつらみがいっぱいあって当然だと思う。後悔先に立たず、今さら何をどう詫びたって一からやり直せるものでもないけど、本当にごめんね」

紗江子は今にも崩れそうな心をこらえ、なるべく冷静な声を作って頭を下げた。

「お母さん、それを言うなら後悔先に立たずじゃなくて、後悔先に持ち越せってふうにしてほしいよ」

手酌でビールを注ぎながら友花が言う。淡々とした調子だが空気はいくぶん柔らかい。紗江子は意味がわからず小首を傾げて問い返した。

「後悔先に持ち越せ?」

「そう、ずっと後悔していなよ。子どもに申し訳ないことをした、かわいそうな思いをさせた、その気持ちを忘れずに生きてってよ。でもだからこそ、それだけの苦しさがあるからこそ、お母さんはもっともっとがんばっていかなくちゃダメなんだよ」

「お姉ちゃん、すげぇー、カッコイイー。後悔があるからこそがんばれか。いいこと言うねぇ」

晃は感心した声を上げながらも、ニヤニヤと笑う。

「バカ、あんたも息子ならまともなこと言いなよ」

「うーん、オレはさぁ、基本的にはお姉ちゃんに賛成。やっぱお母さんには、オレたちに味わわせた寂しさとかをちゃんと痛みとして持っててほしい。ただ、だからっていじけたりくよくよしちゃうんじゃなくて、倍にして返せよーって感じ？」

照れ隠しなのか冗談めかして言う晃に、友花はたまらず吹き出した。

ブッ、ハハハ。アハハハ。あー、腹痛てぇ。アハハ……。

笑い声を重ねる二人の目尻に涙が滲み、紗江子の目にはその何倍もの涙が盛り上がる。

子育てに答えなんかない。これでよかったのか悪かったのか、そんなことは誰にもわかりはしない。

ただ今、こうして子どもたちと涙が出るほど笑っていられるこの瞬間があればそれでいいんだ。

「とりあえず今日あたしたちが飲んでるビール代とコーラ代はお母さんのおごりってことにしてよね。さっき晃も言ったけど、子どもに味わわせた寂しさの分は倍にして返せー、だもんね」

「お姉ちゃん、それナイスアイディア。これからオレたちこの店で、タダで飲み食いさせてもらおうぜ」

友花と晃の軽妙な掛け合いに、紗江子も笑って突っ込む。

「あらぁお二人さん。タダで飲み食いできる上に、こんな美人のオーナーがいるなんて最高のお店じゃないですか」

いろいろあった。これからもきっといろいろある。

でも子どもはたぶん母の愛を、お母さんがどんなにあなたを愛しているかを知っている。母の生きざまがどうであれ、もしも母が懸命であったなら、その母の子としての自分を愛してくれる。

だから必ず、愛でつながれるんだよと、明日の朝、真由美にそう伝えよう。

おわりに――子育ての時間

家族の現場を取材して二十数年になる。たくさんのお母さんやお父さん、そして子どもたちの声を聞き、さまざまな現実に向き合った。

収集した声をもとに夜通し原稿を書いたり、関係先を訪ねたり、資料を探しに行政窓口へ通い詰めたりする。複雑な、ときに困難な仕事に追われ、日々は風のように過ぎていった。

同時にそれは、子育ての時間でもあった。

ジャーナリストとして働く私は、私生活では二人の息子を持つ母親だ。出会ってきた多くのお母さんと同じように、私自身も母親としての毎日を積み重ねた。

子育ての喜びや不安を抱きつつ、我が子とともに生きてきた日々。

だから本書の最後に、私と子どもたちとのエピソードを書いてみたいと思う。

あれは長男が六歳のときだった。三歳年下の弟と二人並んでお絵かきをしていたとき、次男が青色のクレヨンを使いたがった。

一箱のクレヨンセットを兄弟で使っていて、間の悪いことにちょうど長男が青色を使用中。絵を描くことが好きな長男は、真剣な顔でクレヨンを握っている。

私は次男に「お兄ちゃんが使ってるから待ってなさい」と言ったが、次男は「青、青」とうるさい。

といって、今まさに色を塗っている最中の長男に、「青色を貸してやってよ」と言うのもかわいそうだ。

困ったなぁと思う私の前で、長男は何のためらいもなく、ポキンとクレヨンを折った。

一本のクレヨンを半分ずつ。一本のクレヨンは真ん中で折られて二本になり、兄と弟の手に収まった。

二人そろってニコニコしながら青いクレヨンで絵を描く光景を目にして、私は子どもの心の深さに心底驚いた。

なんと豊かで、柔らかいのだろう。

一本を二本にすれば二人そろって使えるだけでなく、長男と次男の間にはさまって「ううむ……」と頭を抱える私まで救う。

一本を二本にして三人が幸せ。

それをすんなりやってしまう子どもに秘めた力を感じ、言葉にできないほどの喜びを味わったものだ。


そんなふうに幸せな時間が数えきれないほどあったが、一方でつらい日々もあった。

次男が中学二年生だったとき、私は通学カバンの中から小さく丸められた紙を見つけた。

「明日、けりたおす」

「なぐる、ける、首しめる、どれがいい?」

残酷な言葉を目にして、まさに血の気が引いた。

私は普段、子どものカバンや机の中を勝手に見たりしない。けれどもそのとき、カバンは体操服やジャージでパンパン、異臭を放ちそうなくらいだった。

つい見かねて、いや、かなり腹立たしい気持ちで乱暴にカバンの中をかき回していたとき、それは出てきたのだ。

文面を見ただけで「いじめだ」と考えるのは早計と思いながら、一方で悪い予感に包まれた。紙の隅に「すてるな！」と書かれてあったからだ。

すてるな、それは「チクるな」と同義語のような気がした。仮にそうであるなら問題は根深く、対応を誤ればよりひどい状況に陥りかねない。

私は慎重に事実確認をはじめ、同時に次男の言動に注意を払っていたが、間もなく悪い予感は現実のものとなった。

「息子さんが登校していません」

自宅で原稿を書いていた私に、担任の先生から電話が入った。

事件、事故と嫌な想像を振り払いながら、近所を捜し回った。二時間近く捜しても見つからない。不安でいっぱいになりながら一旦自宅に戻ると、狭い庭の隅からぬうっと息子が現れた。

真っ青な顔で、両目から涙がポタポタ流れ、体は小刻みに震えている。

一目で息子の苦しみが痛いほどわかった。その苦しみに気づいてやれなかった苦しさて、私の体も小さく震えた。

それからつらい事実が明らかになり、中には耳をふさぎたくなるようなものもあった。息子は二ヵ月ほど学校を休み、疲れ果てたように部屋にこもっていた。

私は学校や加害者側の保護者と話し合い、いくつかの約束事を取り付けた。「二度といじめない、近づかない」という約束や、「先生たち全員で見守り、サポートする」という言葉を伝えると、息子はホッとしたように「また学校に行くよ」と言う。けれども現実はそんなに甘くない。息子は登校こそはじめたが、教室には入れなかった。

正門を抜け、裏門から出てしまう。制服姿のまま近所を歩き回り、神社や畑の作業小屋、橋の下など人目につかないような場所に隠れた。

毎日、「今日も来ていません」と担任の先生から連絡を受け、私は息子を捜し回る。前述したのは、私が息子をたまたま発見した場所だ。

雨の日も木枯らしの日も、たったひとり何時間も隠れている息子のつらさは察するに余りあるが、私のほうもきつかった。締切りを抱えているのに容易に仕事が進められず、息子が「けりたおされている」映像がつい脳裏に浮かんでくる。「怪しい中学生がいる」と通報され、警官に事情を説明したこともあった。思い詰めた表情で線路わきに立つ息子を見つけたときは、息が止まりそうになった。

そうまでして、なぜ毎朝、家を出すのかと言われるだろう。私も「休ませたい」と繰り返し思い、「休んでいいんだよ」と何度も口にした。

それでも息子は、毎朝制服に着替える。何分もかけてボタンをとめる姿に、内心の葛藤、自分との闘いが透けて見える。

だから私も、必死で明るく送り出した。そしてまた、「登校していません」の連絡を受けて近所を捜し回る。

無事に見つかる日より、見つからない日のほうが断然多い。それでもモノは考えよう。近所の地理に詳しくなったり、道端に咲く花の群れに気づいたりと、ささやかな喜びもあった。

やがて帰宅した息子と一緒に、遅いお昼ご飯を食べる。チャーハン、肉うどん、前夜の残り物をレンジでチン。安くて手抜きの昼食だが、「大盛にして」と言われると、もうそれだけでうれしい。食欲があるならどうにかなるさ、と救われる。

そのうち息子が、「今日は○○にいたんだ」とボソリと言う。

「バカだねぇ。隠れ場所言っちゃったら、隠れた意味ないじゃん」と笑う私に、息子も「ハハハ」と笑い返してくる。

むろん、和やかな時間ばかりではない。わめきちらす私、うなだれる息子。お互いに出口の見えない苛立ちで、無言のままテーブルを囲むこともずいぶんあった。

そんな日々が半年以上つづいた。息子は進級のクラス替えを機に教室で授業を受けられるようになったが、今度は「学習の遅れ」という問題に直面した。

成績なんてどうだっていい、それは親として偽らざる気持ちだ。

一方、当の息子にしてみれば、授業がわからないつらさ、みんなについていけない焦りがある。さらに「いじめられていた子」というレッテルで、自身のプライドが保てない。

かろうじて掃除だけはがんばっていたようで、卒業時には「掃除のＭＶＰ」をもらった。このときの経験からか、息子は高校、専門学校を経て二十歳でビルメンテナンス会社に就職した。

配属先はクリーン事業部、ビル内やホテル客室の清掃が仕事で、典型的な3K（きつい・汚い・危険）だ。おまけに「給料が安い」という、もうひとつのKまで加わる。十人ほどの同期社員がいたが、厳しい職場環境で次々と退職していく。ひとり残った息子は、「人手不足」を理由にいろいろな現場に回された。ゴールデンウィークもお盆休みもない。規定の休みさえ満足に取れず、始発電車で出社する日も多かった。

私は心身を案じ、あの中学時代と同じように「休んでほしい」、「いっそ辞めてほしい」と思う。実際にそう伝えたこともあったが、息子は困ったような、どこかぶっきらぼうな口調で「心配しなくていいよ」と言うばかりだ。

就職して二年目が過ぎようとするころ、息子が勤務していた都心のホテルが取り壊されることになった。

芸能人が結婚式を挙げたり、政治家が会食するようなホテルだったから、厳格なマニュアルのもと、清掃のクオリティも厳しく求められる。息子は家では愚痴をこぼすようなことはなかったが、洗剤で荒れた手指や疲れた寝顔、すぐに擦り切れてしまう制服から、相当な苦労が察せられた。

ホテルが取り壊しになる前、近くで仕事があった私は、こっそり立ち寄ってみることにした。心配しなくていいと言われても、不安を拭えないのが親心だ。

息子が清掃を担当している階まで行き、客のふりをして廊下を往復してみたが、昼時のせいか人の気配がなく、ひっそりと静まりかえっている。

このまま階下のレストランでランチでも食べて帰ろうかと思った矢先、「Ｓｔａｆｆ Ｏｎｌｙ（従業員専用）」という標識のドアが開いた。奥からパートらしき女性たちの声が聞こえ、誰かが「石川さん」と口にしている。

石川さんって、息子のことかしら？ そう思った瞬間、ドアの向こうから当人が出てきた。

私はこの偶然に驚いたが、もっとビックリしていたのは息子のほうだ。目を点にして、わずかに照れたような笑みを浮かべたが、すぐに私に向かってこう言った。

「いらっしゃいませ」

いかにもホテルで働く人のきれいなお辞儀を見せ、キビキビとした足取りで廊下を歩いていく。

私は息子の後ろ姿を見ながら、思わず涙が込み上げた。

突然、母親を前にして、恥ずかしさや戸惑いがあったことだろう。それでも自分の仕事を忘れず、私を「ひとりのお客様」として冷静に接してくれた息子が誇らしい。

同時に私は、子育ての時間が終わったことを知った。

あんなに私にまとわりついて、泣いたり駄々をこねたりしていた息子は、もう立派におとなになったんだ。

つらい過去を乗り越え、自分の力を振り絞り、この厳しい社会で懸命に生きているんだ。

そう思えたらもっと泣けて、それは本当にうれしく、でも少しだけ寂しい涙だった。


今、たくさんのお母さんが子どもとの日々を過ごしていることだろう。

小さな喜び、ふとした幸せを感じつつ、ときに不安や焦りを覚えているかもしれない。

なぜうちの子はできないんだ。いつになったらしっかりするんだ。

私なりにがんばっているのに、どうしてうまくいかないんだ。

今日の状態がずっとつづくような気がして、何をどうすればいいのかわからないときもあるに違いない。

それでも、ひとつだけ確かなことがある。

子育ての時間は、永遠にはつづかない。

目に映る笑顔も、伝わるぬくもりも、交わす言葉も、同じものは二度とない。

そのかけがえのない時間が、お母さんと子どもとの愛を育む時間になることを願って、本書の結びとしたい。

石川結貴

二〇一八年一月

石川結貴（いしかわ・ゆうき）
ジャーナリスト。家族・教育問題、児童虐待、青少年のインターネット利用などをテーマに取材。豊富な取材実績と現場感覚をもとに、多数の話題作を発表。出版のみならず新聞連載、テレビ出演、講演会など幅広く活動する。
主な著書に『スマホ廃人』（文藝春秋社）、『ルポ　居所不明児童～消えた子どもたち』（筑摩書房）、『ルポ　子どもの無縁社会』（中央公論新社）、『子どもとスマホ～おとなの知らない子どもの現実』（花伝社）など。日本文藝家協会会員。

公式ホームページ　http://ishikawa-yuki.com/

お母さんと子どもの愛の時間

2018年1月20日　初版第1刷発行

著者 ——— 石川結貴
発行者 —— 平田　勝
発行 ——— 花伝社
発売 ——— 共栄書房
〒101-0065　東京都千代田区西神田2-5-11 出版輸送ビル2F
電話　03-3263-3813
FAX　03-3239-8272
E-mail　info@kadensha.net
URL　http://www.kadensha.net
振替 ——— 00140-6-59661
装幀 ——— 黒瀬章夫（ナカグログラフ）
印刷・製本 — 中央精版印刷株式会社

ISBN978-4-7634-0842-6 C0093